世界体育博物馆览胜

王 军 李 伟
张 铤 于学岭 编著

中 华 书 局

图书在版编目(CIP)数据

世界体育博物馆览胜/王军等编著 . – 北京:中华书局,2003
ISBN 7 – 101 – 04008 – X

Ⅰ.世… Ⅱ.王… Ⅲ.体育 – 博物馆 – 简介 – 世界
Ⅳ.G811 – 28

中国版本图书馆 CIP 数据核字(2003)第 059823 号

书　　名	世界体育博物馆览胜
编 著 者	王军 等编著
责任编辑	王守青
出版发行	中华书局
	(北京市丰台区太平桥西里 38 号　100073)
印　　刷	北京未来科学技术研究所有限责任公司印刷厂
版　　次	2003 年 12 月北京新 1 版
	2003 年 12 月北京第 1 次印刷
规　　格	850×1168 毫米　1/32
	印张 9¼　字数 199 千字
印　　数	1—3000 册
国际书号	ISBN 7—101—04008—X/K · 1655
定　　价	20.00 元

目　　录

作 者 的 话

　　当今社会,以奥林匹克运动为代表的体育运动之所以能成为一项持续性的、全球性的活动,是因为它有一个崇高的目标,那就是促进人的全面发展,建立公正、美好、和平的世界。现代奥运会的发起者之一顾拜旦先生曾指出,举办奥运会,就意味着追溯其历史。只有了解了奥运会历史及演进过程的人,才能更好地理解奥林匹克理想。奥林匹克体育博物馆正是一座凝聚着人类社会体育思想和体育实践的知识宝库,通过收藏体育文物、展现体育发展历史来传递体育文化,并向青少年进行教育的场所。

　　历史是无法复制的,但文物可以再现历史。当你漫步在体育遗址博物馆中间,你会惊叹地发现,我们今天开展的体育竞技活动原来已存在了近3000年;当你在综合性体育博物馆中畅游,你也会惊奇地发现体育文化是那样的绚丽多姿;当你在专项性体育博物馆中游览,你一定会为丰富多彩的运动形式和运动艺术而赞叹不已;当你一踏进萨拉热窝奥林匹克博物馆,战争留下的断垣残壁将给你的心灵留下多少创伤,又将唤起你对和平的多少渴望……

　　今年正逢奥林匹克文化与教育年,本书通过展现不同类型的体育博物馆,使读者特别是青少年读者理解体育运动不仅仅是体育比赛,它有悠久的历史、多彩的文化和灿烂的艺术,其目的是引起读者参观体育博物馆的兴趣,并从体育文物和历史中,受到体育精神的激励,自觉运用体育知识指导体育实践,使身心得到全面发展,为建立一个公正、美好、和平的世界做出贡献。

　　朋友们、孩子们,去参观奥林匹克体育博物馆吧,用你的手去触摸那有形而流动的历史,用你的心来感受那绚丽多姿的体育文化,用你的眼睛来捕捉那运动之美。让友谊、团结和公平竞争的体育精神激励你的一生,"建立一个和平和更美好的世界"的愿望值得你永久珍惜并为之付出努力。

体育博物馆综述

1. 古代体育博物馆的雏形

博物馆同其它社会现象一样,是适应社会的需要,随着体育的发展而发展起来的。

体育博物馆的产生和发展与古希腊奥运会有着密切的联系。古奥运会的举行源于各种因素。首先,希腊温和舒适的气候为希腊人徜徉户外提供了良好的自然条件,从而酿就了希腊人喜欢竞技运动的习惯和崇尚自然的审美情趣;其次,古希腊城邦奴隶制的政治和经济体制促进了竞技运动的发展,铸造了竞技运动的灵魂——平等竞争的精神;古希腊人追求健与美的身体教育观,驱使人们寻求一种健与美的表现形式;持续不断的战争要求希腊人必须具有坚强的体魄和敏捷的行动能力;对和平的渴望又使人们提出在竞技会举办期间实行"神圣休战"。

古奥运会又是一种泛希腊的宗教庆典,它与宗教习俗活动关系密切。希腊人认为,神主宰人间和天上的一切,人们只有同他们建立和善的关系,才有利于生存。所以,人们就用祭祀的方式,对神顶礼膜拜,祈求诸神之王宙斯和其他神灵的保佑。希腊人还认为,神和人同形同性,凡能取悦人的一切美好的东西也同样能够取悦神灵。在这个崇拜英雄和力量的尚武民族的观念中,在祭坛前向神灵献上高超的身体技艺,展示发达的肌肉,便是最虔诚的宗教祭祀。以竞技的形式表示对神灵和英雄的崇拜已成为古希腊人的宗教习俗。这种敬神竞技会在古希腊鼎盛时期多达二百多处，其中规模最大的要数在奥林匹亚举行的祭奠宙斯神的奥林匹克运动会。现代奥运会就是在此基础上恢复和发展起来的。

古奥运会会场内的部分结构和内容反映出现代体育博物馆的某些形式和特点。比如，在古希腊奥林匹克运动会上，夺冠一次者，可在运动场的墙壁上刻下自己的名字；三次夺冠者，则可在宙斯神庙旁塑像留念，与众神一起接受后人的供奉。二千七百多年以前的古希腊奥林匹克运动会运动场的墙壁以及宙斯神庙已经成为展示古代早期运动竞赛中优胜者的荣誉、保存竞技活动艺术品的场所，这与现代体育博物馆和名人堂的职能和作用有许多相似之处。现代体育博物馆和名人堂的雏形在古奥运会时期就已显现出来。

2. 近代体育文物的收藏和体育博物馆的出现

近代体育的发展促进了体育文物的收藏。从14—18世纪，欧洲经历了文艺复兴、宗教改革和思想启蒙运动三大思想文化运动。以人道代替神道，提倡平等、自由、科学的人生观，为体育的发展扫清了思想障碍。教育家在探索教育问题时，发现了体育的教育价值，引起世人对古希腊体育和奥运会的关注。随着德国和瑞典的体操、英国的户外运动的广泛推广，运动竞赛频繁起来。19世纪50年代在英国流行的竞技运动传到北美，19世纪70年代后，美国竞技运动发展迅速，是19世纪末世界体育发展的重要标志之一。19世纪中期出现了国际间的体育交流，比如：1871年，首次跳雪和越野滑雪比赛在挪威的克里斯蒂安尼亚举行，第一个国际帆船大赛在基尔举办。为适应体育国际化的发展趋势,一些体育组织纷纷建立起来。1863 年,瑞士高山滑雪俱乐部成立;1872 年,第一个法国足球俱乐部勒阿弗尔运动俱乐部成立;1883 年,布加勒斯特成立了奥林匹克协会;与此同时,体操俱乐部也开始蓬勃发展起来,比利时体操协会(1869 年)、意大利国际体操协会(1875 年)等体育组织都是在这一时期涌现出来的。这些早期建立起来的体育组织,其重要贡献是开始有意识地收藏和保存体育运动中创造和沉积下的大量的物品、资料和文献,使体育收藏成为可能。而体育文物的收藏是体育博物馆建立的基础。比如板球是一项比较古老的游戏活动,大约产生于 1550 年左右。1787 年英国第一个板球场和板球俱乐部(Marylebone Cricket club 简称 MCC)由 Thomas Lord 在伦敦建立。同时也开始了有关板球运动文物的收藏,为以后建立会员名人堂和艺术品长廊以及博物馆打下了基础。

1867 年捷克建立了第一个体育组织索科尔(sokol),不仅对捷克的民族解放起了重要作用,还创建了斯拉夫国家的现代体育。后来这类协会在西欧和美国出现。到 19 世纪 80 年代末,索科尔 sokol 协会建立了博物馆收藏基金,拥有博物馆、图书馆和档案馆,到 1954 年收集到的文物达 1660 多件。捷克体育博物馆就是在此基础上建立起来的。

总之,近代体育的发展促进了体育文物的收藏,而体育文物的收藏又成为体育博物馆建立的基础。

3. 现代体育博物馆发展的几个阶段

1894 年国际奥委会的建立、现代奥运会的举办,加快了现代体育的发展。现代体育博物馆就是追寻着现代奥林匹克运动和社会发展的步伐发展起来的。

值得一提的是顾拜旦不仅在创办现代奥林匹克运动的过程中做出了杰出贡献,而且,创建奥林匹克体育博物馆一直是顾拜旦的一个梦想。

(1) 奥林匹克和体育博物馆的初步建立(1894 至二战结束)

经过几代人对奥林匹克运动的不懈探索,奥林匹克运动已初具规模。半个世纪以来,奥林匹克运动遗留下大量的文件需要收藏,大量的文物需要保护,为奥林匹克博物馆的发展提供了物质基础。顾拜旦先生始终倡扬奥林匹克运动的文化和艺术性,他认为:"不管在什么范围,以何种形式,艺术和文学都将参与到现代奥林匹克庆典之中,与体育一起受益,并获得自身的升华。"奥林匹克运动在发展过程中找到了体育运动与文化艺术结合的途径。1912年召开的第 5 届奥运会开始设立建筑、雕塑、绘画、文学、音乐 5 项文化艺术比赛,这一形式在 1952 年第 15 届奥运会上改为艺术展览,1956 年第 6 届奥运会上举办了"艺术节",并从此成为奥林匹克运动会的传统。奥运会中的文化、教育和艺术活动为奥林匹克博物馆的建立提供了思想理论的支持。另外,博物馆作为一种社会文化现象,也体现着社会发展的总和。近代科学的诞生,使博物馆成为科学研究的中心,特别是工业革命激发了人们研究和学习技术的热情,为博物馆的发展开辟了道路。20 世纪上半叶爆发了两次世界大战,在这个历史阶段中,启发民族意识、培养爱国精神成为这一时代的思想教育主题。博物馆教育恰恰是弘扬民族传统文化,凝聚民族向心力的好场所。博物馆教育受到各国普遍重视,成为奥林匹克博物馆建立的良好契机。1915 年,在洛桑总部顾拜旦领导的国际奥委会建立了世界上第一座奥林匹克博物馆,其物品基本上是顾拜旦收藏的奥运会初创时的文件、资料、邮票、体育活动用具等,特别是比利时大画家沙克—戴拉纳为顾拜旦创作的一幅马上击剑油画,很可能是顾拜旦唯一的一张写生肖像,也是顾拜旦非常珍爱的艺术品。当时他主张将马上击剑定为奥运会新项目,但这项提议一直没有获准通过,而这幅肖像就成为这个历史故事的唯一记录。1923年挪威建立了霍尔曼—科伦滑雪博物馆,收藏有2500年以前的滑雪板和滑雪用具,在门口还矗立着第一个到南极探险的南森先生的雕像,以及反映极地探险的文物、用具等。1925年德国体育博物馆建立起来,展示着德国体操的演变历史和当时的体育成就。1936年,体育博物馆在美国出现。1953年,英国的洛德板球中心内设立了名人堂,悬挂着板球俱乐部成立以来不同时期出现的优秀运动员照片和简介,收藏有二百多年历史的板球用具以及体育艺术品。1959年日本棒球博物馆开幕,展示了棒球运动在日本的发展状况。

这一时期的特点是:在体育文物收藏的基础上,建立了相应的一些博物馆,在功能上以保存为主;但多数博物馆不向观众开放,只为研究人员提供相关的资料,因此,难以发挥顾拜旦所梦想的教育作用。

(2) 奥林匹克和体育博物馆的大量涌现(二战后至70年代末)

二战后,奥林匹克运动得到迅速发展,出现了一系列新变化。奥运会的参赛国数比战前翻了一倍,项目剧增三分之一,场地设施出现大型、综合、艺术化趋势;在奥运会期间或前后举办的各种艺术展览和表演,促进了奥林匹克艺术的多样化发展,也使各种体育文化艺术形式得到展示的机会;与奥林匹克运动密切相连的国际单项体育联合会和国家奥委会逐步建立,竞技水平迅速提高,特别是美国的奥运金牌总数在奥运会上一直名列前茅。奥运会社会化、大型化和综合化的发展,为奥林匹克体育博物馆进行征集、保存和展示体育文物奠定了基础。从社会发展状况来看,随着科技和物质生活的迅速发展,社会财富的不断增长和国际社会的进一步开放,大众旅游迅速兴起,使普通民众也能够问津文化生活;终身教育的广泛发展,兴旺了博物馆事业;环保意识的增强,开拓了博物馆的服务领域;保护世界文化遗产的呼吁,加强了博物馆的历史使命,博物馆进入空前的繁荣时期。而美国受战争的影响最小,由战争转入和平轨道最迅速,特别是第三次技术革命在美国的发展,又使其高科技一路领先,所以,美国博物馆的大发展最早。60年代初,美国每三天就有一座博物馆出现。奥林匹克运动的新变化与社会的进步与发展互为因果,互为杠杆,推动着体育博物馆的发展。体育博物馆首先在北美大量涌现出来。这期间国际范围内约有105个体育博物馆,其中90个在北美,而美国又占了三分之二。《名人堂导读》一书的作者保罗称这一时期为"体育圣殿的泛滥",又说:"美国人在周末并没有去看美式足球,而是忙着参观体育博物馆了。"1971年由美国国际游泳名人堂主席维兰特倡导成立了国际体育博物馆和名人堂协会,是迄今为止唯一的体育博物馆国际组织。

这一时期的特点是:体育博物馆在北美大量涌现,出现了区域性集中发展的态势。博物馆的开放是发挥其教育功能的前提。顾拜旦提出的教育目标,与博物馆本身具有的教育功能不谋而合,它们互相促进,共同发展。但此时的体育博物馆还仅存在于某些经济发达国家,这与顾拜旦提出的在国际范围内"普遍"建立奥林匹克和体育博物馆的目标还相距甚远;另外,此时的体育博物馆数量多,规模小,文物分散,不利于进行体育科学研究和充分发挥其教育功能。

(3) 奥林匹克和体育博物馆的多元性发展(80 年代至今)

80 年代初,萨马兰奇接任国际奥委会主席,他以其对职业体育的容忍、对政治干预的灵活把握、对体育商业化的控制、对群众体育的注重、对发展中国家的理解、同国际环保和教育领域的合作,对妇女参与奥林匹克运动的支持,将奥林匹克运动带入了一个新时期。在体育思想上,萨马兰奇继承了顾拜旦的衣钵,赋予奥林匹克文化更为丰富的内涵。他说:"文化从一开始就是奥林匹克主义的灵魂。"将奥林匹克诠释为:体育加文化。他刚一上任就将这一理念付诸行动。在他提议下,国际奥委会成立了文化委员会、教育委员会,要求在奥运会期间举办文化艺术展。重建奥林匹克博物馆的事宜也提上了议事日程,并聘请了资深博物馆专家做业务准备。他本人也将多年收集的奥林匹克邮品在奥林匹克博物馆建成之际全部捐献给了博物馆。在他主持下的国际奥委会还向各国奥委会发出倡议,希望每个成员国建立奥林匹克博物馆,并给予资金援助。国际奥委会于 1993 年还专门就奥林匹克博物馆的任务、地位和功能等问题进行学术讨论,重温顾拜旦的"梦想",真正认识奥林匹克博物馆的价值。梅因大学教授、国际奥委会学术委员会成员缪勒(Norbet Mull)教授以"为什么要建立奥林匹克博物馆"为题,阐述了奥林匹克博物馆在奥林匹克运动中的特殊作用,即:1、避免任何人用任何非历史和科学的方法对奥林匹克运动作难以支持和绝对的结论;2、站在人类延续发展的角度,把奥林匹克运动看作是连续、发展的事物;3、用真正人文思想看待几千年及近百年来奥林匹克运动的发展足迹。从社会大环境来看,世界格局也发生了根本性转变。冷战结束,各国把发展经济作为主要目标,奥林匹克竞技成为展示综合国力的第二战场,体育成为改善人口素质的重要手段,成为发展经济的重要产业。因此,体育受到国际社会的普遍重视,为体育博物馆创造了良好的生存环境。多元的世界形成奥林匹克博物馆多元性发展的趋势。体育博物馆迅速从欧美向世界各地扩展。1990年中国体育博物馆在北京建立,以通史陈列和临时展览相结合的展示手段,展现了中华民族从古至今多彩的体育文化和灿烂的运动成就,成为展示中国体育传统和传播奥林匹克文化的橱窗。1993年,国际奥委会所属的奥林匹克博物馆在洛桑落成,它负责奥林匹克文物资料、档案的收藏、保护和展览,进行奥林匹克研究,宣传奥林匹克宗旨,用奥林匹克精神进行社会教育,并为奥林匹克大家庭和公众服务,是收藏奥林匹克文物最完整、最具活力的博物馆。奥林匹克博物馆赋予古老的文化以崭新的内涵,融入工建筑于自然环境之中,堪称现代奥林匹克和体育博物馆的经典之作。除基本陈列外,奥林匹克博物馆还定期为青少年举办体育讲座、开展奥林匹克知识竞赛以及实施各种教育计划等。奥林匹克博物馆的建立,标志着顾拜旦的"梦想成真"。萨马兰奇称奥林匹克博物馆"是国际奥委会文化政策的旗舰"。

截止到目前,共有70个国家和地区拥有奥林匹克和体育博物馆,数量超过500个。这些博物馆在名称上不尽相同,有的称体育博物馆,有的称奥林匹克博物馆,有的称体育名人堂,也有的称其为体育艺术馆;在类型上,有综合性的,如中国体育博物馆、波兰体育博物馆、德国体育博物馆等,也有专项性的,如:北美的一些球类、体操等体育项目博物馆;还有体育纪念馆,如:加拿大纪念篮球的发明者耐.史密斯(Naishimith)在他故居修建的篮球名人堂、美国为纪念其传奇式橄榄球教练"熊"而建立的橄榄球名人堂等;在分布地域上，从欧洲到美洲，从美洲到大洋州是奥林匹克体育博物馆发达地区，奥林匹克体育博物馆在亚洲和非洲也发展起来，从亚洲的中国、日本、新加坡、科威特到非洲的尼日利亚、埃及、贝宁，奥林匹克和体育博物馆已遍及五大洲；在博物馆职能上，博物馆从收藏文物的单一项职能，发展到具有研究、教育、娱乐等多职能的混合体；在国际组织上，除70年代初建立的国际体育博物馆和名人堂协会外，国际奥委会每四年还在洛桑召开世界体育博物馆馆长会议，有些体育博物馆还加入了国际博物馆协会，同所有博物馆界同行开展业务交流。

这一时期的特点是：奥林匹克体育博物馆的数量多、种类全、分布广，奥林匹克体育博物馆已初具规模，并建立了相应的国际组织。但发展中国家的体育博物馆数量依然较少，发达国家与发展中国家在奥林匹克和体育博物馆数量和种类上存在着不平衡性。奥林匹克和体育博物馆是一项老事业、新事物，顾拜旦先生在一个世纪前提出的教育问题，在今天依然是一个富有挑战性的全新的课题。正如萨马兰奇主席在国际奥林匹克博物馆开幕典礼上所讲到的："我们的收藏要着眼于青年一代，要面向奥林匹克运动下一个3000年。"奥林匹克体育博物馆——任重而道远。

体育遗址博物馆

由于宗教和军事的需要,从荷马时代(公元前8世纪)开始兴起的古希腊祭礼竞技,促进了古希腊人对力量、技巧和健美的追求。希腊人通过体育运动塑造强健的体魄,并以竞技运动会的形式来展示他们的力量和健美。随着城邦的日益繁荣,孕育产生了许多地方性或全希腊的运动会。据说在古希腊鼎盛时期举办竞技会的地方就有200多处,其中,影响最大的有伊斯特摩斯竞技会、尼米亚竞技会、皮托竞技会、奥林匹克和赫拉竞技会等。这些早年祭祀神灵和举办竞技赛会的地方,已被希腊政府很好地保护起来,并建成遗址博物馆供游人参观,为研究奥林匹克运动提供了不可多得的、翔实的物质遗存。另外,在希腊,许多古代遗迹经过数千年的风雨侵蚀已经残缺不全、一片废墟。为了使参观者尽可能多地了解这些遗迹的历史与演变,在遗址旁边大多建有博物馆,用来陈列从遗址中和附近的村落里发掘和发现的文物。参观者将这些文物和艺术品与古迹一起加以联想,能够更多地了解希腊的历史和文化。

奥林匹克竞技会遗址
(Olympic games Site)

在距希腊首都雅典350公里的伯罗奔尼撒半岛上,紧挨着奥林匹亚村,有一块树木苍翠、鸟语花香、山清水秀,风景幽雅的圣地,称为阿尔提斯神域。这里是奥林匹克竞技会和赫拉竞技会的发源地。有关竞技会的起源,至今仍流传着许多曲折离奇的神话传说。其中,传播最广的要算珀洛普斯(Pelops)取亲的故事。珀洛普斯是宙斯的孙子,他对皮沙城邦的公主希波达米亚(Hippodamia)一见倾心,并决心非她不娶。但公主的国王父亲听信了预言家的谎言,认为自己将来会死在女婿的手中,于是国王想以战车比赛招婿为幌子,杀死求婚者。珀洛普斯以其智慧和胆略战胜了国王,并使预言家的谎言不攻自破。为庆祝珀洛普斯和希波达米亚的婚礼,在皮沙城邦举行了体育比赛。据说,这就是古代奥运会的雏形。

最早的奥运会开始于公元前776年。传说太阳神向人们谕示,只有停止战争,祭祀宙斯,恢复奥林匹克运动会,才能摆脱天灾和战乱的痛苦。人们借神的旨意达成了停战协议,再度恢复了竞技会,并确定每四年在奥林匹亚的宙斯神坛举行一届竞技会。

起初的竞技会只有一天,后增加到五天。比赛项目也由赛跑一项增加到了摔跤、五项竞技、拳击、赛马、赛车等六项。会前,人们在宙斯神庙前举行宗教仪式,点燃圣火,然后,奔赴各地宣布停战。各体育代表团提前一周赶往奥林匹亚,搭起帐篷做各种准备。竞技会期间,奥林匹亚热闹非凡,除了进行体育比赛外,人们还要举行一些文化和商业活动,使奥运同时成为全希腊文化和经济交流的大集会和最盛大的民族节日。公元4世纪后,马其顿入侵希腊,竞技会逐渐衰落。公元394年,罗马皇帝狄奥多西一世立基督教为国教,奥林匹克竞技亦被禁止。公元426年,狄奥多西二世又下令烧毁奥林匹亚残存的庙宇。百年后经过几次洪水和地震,古代奥运会遗址被埋入地下。

自18世纪开始,一批又一批的学者接连不断地来到奥林匹亚,考察和寻找古代奥运会遗址。1766 年,英国人钱德勒(C.Chandlcr)首次发现了宙斯神庙的遗址。此后,经大批德国、法国、英国的考古学家、历史学家们对奥林匹亚遗址进行大规模的系统勘查、发掘,至 1881 年取得了大量有关古代奥运会的珍贵文物和史料。1936 年第 11 届奥运会后,因有部分余款,国际奥委会决定用这笔款项继续对奥林匹亚遗址进行发掘,发现并复原了体育场。

遗址东西长约 520 米,南北宽约 400 米,中心是阿尔提斯神域,是祭祀宙斯的地方。从发掘资料看,神域内的主要建筑是宙斯神庙和赫拉神庙,此外还有圣院、宝物库、宾馆及行政用房等。最早的建筑物可上溯到公元前 2000—前 1600 年,其中尤以位于中部的宙斯神庙(约公元前 460 年建)最著名。该神庙长约 66 米,宽 30 米,东西两端各有 6 柱,南北两面各有 13 柱,取多里安柱式,皆以石料精制。其东西两山墙上的群像,表现了希腊英雄珀罗普斯在奥林匹亚赛车和希腊人与半人半马怪兽斗争的神话故事,是早期古典雕刻的代表作。最为著名的是宙斯巨像,用黄金、象牙镶嵌,传说为古典雕刻大师菲迪亚斯(Phcidias)公元前 5 世纪后半叶的作品,是古希腊极盛时期雕塑的代表,极为宏伟精美,被誉为世界七大奇迹之一。神域东北侧为竞技场,四周有大片坡形看台,西侧设运动员和裁判场口,场内跑道的长度为 210 米,宽 32 米。它与演武场、司祭人宿舍、宾馆、会议大厅和其他用房等共同构成了竞技会的庞大建筑群。

现遗址已褪去了昔日的宏伟壮观,只有一些残缺不全的石柱。从遗址中发掘出来的神像雕塑、石器、陶器和铁器等文物则保存在遗址北边的奥林匹克考古学博物馆内。遗址的东面就是国际奥林匹克学院,每年,大批研究奥林匹克运动的学子们来到这里,追寻奥林匹克的历史、探索它的未来。

宙斯神像

连接神域与竞技场地的通道

摔跤运动员的雕像

奥林匹亚
竞技会遗址

古希腊陶罐上
反映奥运会运
动员赛跑的情景

地　　址：Olympia Greece（希腊
　　　　　奥林匹亚）

电　　话：Muni Cipality of Olym-
　　　　　pia（information）
　　　　　（奥林匹亚镇政府咨
　　　　　询电话）
　　　　　0624/23.173

因特网址：http://www.toubis.gr

赫拉竞技会遗址
（Hera Games Site）

在奥林匹亚阿尔提斯神域宙斯神庙的旁边就是他的妻子赫拉女神的庙宇。传说珀洛普斯的妻子希波达米亚为了自己幸福的婚姻,在酬谢天后赫拉女神后,从古希腊16个城邦中挑选出16名少女,在奥林匹亚的赫拉神庙前举行了第一次女子竞技会。以后逐渐成为定制。这里不仅是赫拉女子竞技会的开创地,也是燃起奥林匹克圣火的地方。

古希腊人认为火是神的化身。在古希腊,每个城邦都是一个独立的社会。为了便于人们辨认自己的领地,人们在圣坛上燃起火炬,给人们指引方向。在德尔菲阿波罗神庙和奥林匹亚宙斯神庙的祭坛上总是圣火长明。人们祈祷神灵永远保佑他们安定幸福并有秩序地生活。古希腊人还认为火是洁净的象征。古希腊人在出生后,母亲即为他燃起火炬,并将火燃传给下一个婴儿的出生;结婚时,一对新人的母亲也要高举着火炬参加典礼;在葬礼上,火炬一直燃烧到太阳升起。火与神一样,在古希腊人心中有着至高无上的地位,伴随着他们的一生。

古希腊在每届奥运会举行以前,人们都要高举着在赫拉神庙前点燃的火炬,奔赴各个城邦,去传递停战的神谕和奥运会召开的消息。现代奥林匹克运动创立以后,最初并没有继承这个传统。直到1920年安特卫普第7届奥运会上,为了悼念第一次世界大战中死去的人们,主办者在主会场点燃了象征和平的火炬,但没有进行正式的火炬传递活动,火种也不是从奥林匹亚采集的。1934年,国际奥委会在雅典正式作出决定,在奥运会期间,从开幕到闭幕,主会场要燃烧奥林匹克圣火,并且火种必须采自奥林匹亚,以火炬接力的形式传到奥运会主办城市。从此,圣火传递和点燃圣火成为每一届奥运会必不可少的仪式。每过两年赫拉神庙遗址就会成为世人注目的焦点。

引燃圣火火种的仪式一般是这样的:在正式点火的前一天,来自国际奥委会、奥运会主办国组委会和希腊国家奥委会的官员们,在清晨就从雅典启程前往奥林匹亚,晚上奥林匹亚镇长为来宾举行欢迎会。次日上午,前来参加点火仪式的官员和嘉宾们先到国际奥林匹克学院在顾拜旦墓前敬献花环(现代奥林匹克运动之父顾拜旦先生的心脏安葬在奥林匹亚),缅怀他为恢复现代奥林匹克运动所建立的丰功伟绩。中午,一行人来到奥林匹亚古运动场,在奥林匹克圣歌、奥运会主办国国歌和希腊国歌的伴奏下,升起奥林匹克五环旗、奥运会主办国和希腊国旗,一群青春勃发的少年跳起欢快的希腊民间舞蹈欢迎来宾,奥林匹亚镇长、火炬接力组委会主席、希腊国家奥委会主席和奥运会主办国总理以上级高官先后致词。正午,古运动场上空响起了嘹亮的号角,点火仪式开始。20名身着古装的希腊少女,踏着女司仪长的鼓点从赫拉神庙缓缓飘出,围绕在祭坛前。负责取火的主司仪在聚光镜后站定,虔诚地面向天空展开双臂,大声地唱着颂词,祈求太阳神阿波罗神赐予圣火,接着主司仪按传统方式从聚光镜中得到火种并保存在一个特殊装置里,在一片欢呼声中,少女们跳起美丽的舞蹈感谢阿波罗神的无私赐予,人们载歌载舞离开赫拉神庙来到古运动场。

点火仪式即将结束时,主司仪将第一枚火炬交给希腊运动员。圣火接力传递开始,它先在希腊的十几个城市中进行,之后按预定线路走遍世界,最终到达奥运会主会场,燃起主火炬,这是奥运会最热烈、最令人激动的时刻。赫拉神庙的意义已超出了一般竞技会,她更多的是具有奥林匹克文化的象征性。

赫拉神像

古希腊陶罐
上的女竞技
运动员的形象

奥运会
圣火点火仪式

地　　址：Olympia Greece（希腊奥
　　　　　林匹亚）

电　　话：Muni Cipality of Olympia
　　　　　（information）（奥林匹亚
　　　　　镇政府咨询电话）0624/
　　　　　23.173

因特网址：http://www.toubis.gr

伊斯特摩斯竞技会遗址
（Isthmus Games Site）

　　伊斯特摩斯竞技会遗址位于古希腊五大城邦之一的科林斯。
古科林斯城在公元前 146 年被罗马人摧毁，公元前 44 年这里成为恺撒大帝的殖民地。科林斯还以它的运河著名,该运河是一条长达6.5公里,宽25米,连接爱奥尼亚海和爱琴海的著名的海峡运河。它把罗奔尼撒半岛与希腊大陆切开,人们又在运河上架桥再把陆地接起来。所以进入科林斯,过运河桥是必经之路。

传说在公元前6世纪的古希腊,海豚把一个落水已经溺死的儿童送上岸边,科林斯国王将他葬于伊斯特摩斯,并举办竞技会以志纪念。后来逐渐演变为祭祀海神波赛冬的竞技会。因在希腊神话中,波赛冬掌管着海洋:他住在富丽堂皇的海底宫殿中,当他挥舞着手中的三叉戟时,海上风暴骤起,巨浪滔天,海浪拍打着岩石发出雷鸣般的响声;当他把三叉戟伸向海浪上方时,大海又在瞬息之间归于平静。在波赛冬周围还有许多小海神,他们协助波赛冬完成护海任务。人们敬畏波赛冬,希望他能保佑渔民和航海者的安全。

伊斯特摩斯竞技会遗址如今已是一片荒凉。伊斯特摩斯竞技会开始于公元前582年,每两年举办一届,希腊自由民均可以参加。公元前336年希波战争开始前,这里是希腊人集会的场所。从公元前229年罗马人参与竞技会起,这里第一次成为泛希腊人的圣所。公元前197年罗马将军富来明那斯宣布给予所有参加伊斯特摩斯竞技会的希腊人以自由,公元67年罗马皇帝尼鲁又重新宣布了这一命令。从伊斯特摩斯竞技会遗址目前残存的碑文中得知,从公元1世纪开始妇女也被准许参加伊斯特摩斯竞技会体育和文化竞赛。现存的是公元9世纪发掘的毁于公元6世纪的遗存,有波赛冬神庙、环廊、竞技场地以及在希腊化时期建在圣殿外面的新场地等。当时的比赛项目有:划船、跑、跳、投掷、马术以及音乐比赛等。优胜者的奖品是一个用干荷兰芹和棕榈枝做成的花冠。满目创痍的遗址已看不出昔日的风采,只有那三角形石板上留下的当年运动员起跑用的一个个凹槽,才让人感到这里曾举办过体育竞赛。所幸的是,遗址的近旁建有小型博物馆,展出了从伊斯特摩斯竞技会遗址和附近村落中发掘并保护起来的一件件比赛用具、祭祀器物、石碑和运动员雕塑等文物,人们可以借此发挥想象力,在心中描绘伊斯特摩斯竞技会当年的盛况。

波赛东神庙遗址

伊斯特摩斯竞技会
遗址如今已是一片荒凉

地　　　址：Isthmics Greece(希腊伊斯特摩斯)

咨询电话：(Head office of the Greek National Tourist organization(GNTO),2 Amerikis st.)

(希腊国家旅游局雅典总部):01/3223.111/9

因特网址:http://www.toubis.gr

尼米亚竞技会遗址
(Nemean Games Site)

尼米亚竞技会遗址是除奥林匹亚竞技会遗址外,保存最为完整的古希腊竞技会遗址。与以往的遗址相同,旁边新建起来的博物馆陈列着从遗址中发掘出来的文物。有祭祀物品、运动员起跑用的石板和跳远用的石壶等。博物馆的后门通向遗址,朝向遗址一面是巨大的玻璃墙,可视性非常强,将古老的遗址与现代陈列融为一体,其设计可谓匠心独运。

尼米亚竞技会起源于一个著名的神话故事。传说宙斯的儿子大力神赫拉克勒斯接受了阿波罗神的隐喻,他必须建立12件功绩方能求得永生。赫拉克勒斯接受的第一项任务就是去杀死出没于尼米亚城的一头狮子。这头狮子是百手怪物提封和女首蛇身的厄喀德所生的巨大怪兽,专干坏事。赫拉克勒斯在一条峡谷中找到了狮子的洞穴,于是藏在石头后面等待它的到来。当狮子出现在赫拉克勒斯面前时,他与狮子展开了激烈的搏斗,最后他用棒锤将狮子击昏后勒死了。赫拉克勒斯把狮子扛回尼米亚城作为祭物献给父亲宙斯,并举办竞技会以纪念自己的第一件功绩。

现存的遗址群位于一个半山坡上。建于公元前300年供运动员洗浴用的浴室、当年引水用的石槽还清晰可见。占面积最大的要属宙斯神庙了,它始建于公元前350年,历尽沧桑,到1766年考古学家发现时只有三根柱子,而这三根柱子至今仍巍严屹立,1850、1861和1977年的三次大地震竟对它们毫不起作用。沿宙斯神庙上行200米,就是古尼米亚竞技场,连接场地的通道阴暗潮湿,内外的温差至少有10度。2000多年前,运动员们就是通过这条通道进入场地竞技。当然,他们也把通道的墙壁当成了随意涂鸦的场所,在接近出口处的右上方刻有"Telestas"的字样,"Telestas"是公元前340年竞技会的拳击冠军,在他名字的上方还刻有"Niko"(胜利属于我)的字样,可以想像得出他当时是多么自信。

通道的尽头就是竞技场地。它呈长方形,土质细腻、滑匀,赤脚踩在上面舒服极了,看来这就是尼米亚竞技会赤足运动的道理。古代尼米亚运动会开始于公元前573年,公元370年以后逐渐结束。

尼米亚遗址能得到如此妥善的保护,离不开米勒教授的努力。米勒教授是美国加利福尼亚大学的考古学专家、国际奥委会2000

年委员。他从 1973 年开始对尼米亚进行考古发掘,开始是进行学术研究,后来在希腊当地人的支持下他们成立了发掘尼米亚遗址委员会,对尼米亚进行有计划的保护和修复。米勒教授一年中的大部分时间都在尼米亚工作。除此之外,他们还倡导召开了现代尼米亚运动会,时间定在每个奥运会年的 6 月间进行,已于 1996、2000 年举办了两届。

　　运动会只有 100 米赤足跑和 7500 米长跑两项,并完全按照古运动会的程序进行。100 米短跑在场地内进行,7500 米则是从赫拉克勒斯庙跑到尼米亚,是传说中的赫拉克勒斯出发和杀死尼米亚狮子之间的距离。

　　优胜者的奖品是一顶橄榄枝花环、棕榈枝和发带。大会结束时,所有优胜者在裁判员的带领下绕场一周向观众致意,站在圣火的四周,总裁判宣读优胜者名单。之后,由女司仪主持闭幕礼,裁判们从圣坛上取下陶罐,将泥土慢慢覆盖在圣火上,圣火熄灭后,裁判和优胜者走上主席台观看文艺表演。夜幕降临,运动员和观众们踏着月色来到尼米亚镇,街道两旁摆满了美酒佳肴,乐队奏起了欢快的乐曲,人们在这里狂欢至深夜。参加尼米亚运动会是对古奥运会的一次真正的体验。

在尼米亚竞技会遗址上举办
的现代尼米亚运动会的仿古起跑装置

作者在尼米
亚竞技会遗址

现代尼米亚运
动会的仿古仪式
（右二为米勒教授）

大力神赫拉
克勒斯雕像

在尼米亚竞技会遗址
上举办的现代尼米亚
运动会的100米赛跑

地　　　址：Nemean Greece(希腊尼米亚)

咨询电话：(Head office of the Greek National Tourist or-
　　　　　ganization(GNTO),2 Amerikis str.)
　　　　　（希腊国家旅游局雅典总部）
　　　　　01/3223.111/9

因特网址：http://www.touhis.gr

皮托竞技会遗址

（Pythian Games Site）

在希腊的帕那索斯山区有一座美丽的小城叫德尔菲，它是古希腊人聆听"神谕"的地方。传说太阳神阿波罗将盘踞在峡谷中的巨蟒皮托杀死后，将其尸体埋入圣地德尔菲，并修建了神庙和神示所，以便在此向人们预示其父亲宙斯的旨意。因此，希腊人也尊此为"宇宙的中心"。公元前 7 世纪以来德尔菲的神谕在希腊最为著名，当时希腊人在移居海外前，往往到德尔菲求神预卜未来的吉凶。此外，这里也是朝圣名胜和各地人士聚会联络、互通消息的地点。

古希腊时，德尔菲不仅有向人们传达神的旨意的阿波罗神庙，而且也像奥林匹亚一样，每四年举行一次祭祀阿波罗的竞技会，称皮托竞技会。竞技会安排在每届奥运会后的第三年举行，据说是为了选拔和训练参加次年奥运会的选手。由于阿波罗也是音乐之神，所以起初的运动会只是诗歌和音乐比赛。从公元前 586 年起增加了各种体育竞技，优胜者获月桂花冠和橄榄树枝。最后一次竞技会在公元 394 年举行。19 世纪末 20 世纪初，考古学家在德尔菲进行了考古发掘。现存的遗址就是修复后的成果。这是一个依山而建的巨大的神域建筑群，其建筑主要有阿波罗神庙、剧场、马场、宝物库以及神像和英雄的雕像等。沿山路攀登，最后到达建在山上一块平地上的运动场。它是迄今保存比较完好的古代体育设施，看上去与现代体育场非常相似，场地两边的台阶式看台，据说可以容纳数千名观众。在这样高的山上建如此规模的竞技场，真是不可思议，而在这里参加竞技比赛更是种独特的感受。

这里美丽的山川，无与伦比的文化古迹，吸引着众多游客来此

参观游览。而到古竞技场上狂奔一番,体验一下竞技比赛的快乐,
似乎已是游客们到此一游的必备节目。

德尔菲神域遗址

古希腊文物上表现皮托
竞技会中音乐比赛的形象

位于山顶的竞技场地

皮托竞技会中运动员雕像

　地　　　址：Delphi Greece(希腊德尔菲)

　咨询电话：(Head office of the Greek National Tourist or-
　　　　　　ganization(GNTO) ,2 Amerikis str.)

　　　　　　(希腊国家旅游局雅典总部):01/3223.111/9

　因特网址:http://www. toubis. gr

第一届奥运会主会场遗址
（the Finst Modern Olympic Games Stadium）

　　国际奥委会 1894 年在巴黎索邦成立之后，决定 1896 年在古代奥运会的发源地希腊举办第一届奥运会。会址原拟放在古代奥运会遗址奥林匹亚，因该地已是一片废墟，修建工程浩繁而改定雅典。然而，当时的希腊经济萧条，负债累累，是欧洲最穷的国家。当时的首相特里库皮斯（Charilaos Tricoupis）认为，承办奥运会无疑将使希腊经济走向崩溃。因此，当国王和王储同意国际奥委会的决定后，他愤然辞职，险些造成一场政治危机。现代奥林匹克运动创始人之一顾拜旦先生，则推迟了自己的婚期，施展自己的才华，通过所有的外交努力，四处游说为希腊争取政治和经济支持。在经济极端拮据的情况下，希腊政府采取免除税收、集资募捐和发行纪念邮票等形式，基本上解决了举办奥运会的资金问题。但要想用大理石重修古代奥运会的体育场还缺相当大一笔资金，组委会决定向居住在埃及亚历山大港的希腊首富阿维罗夫（George Averiff）贷款。一向关心和支持祖国文化事业的阿维罗夫毅然同意承担重修体育场的全部费用，并修建了射击场、自行车场、水上项目的看台等其它一些设施。

　　俗话说："万事开头难"，经过千辛万苦的紧张筹备后，第一届奥运会在 1896 年 4 月如期举行。现代奥林匹克运动终于踏上了奔跑的起点。希腊人无愧于他们的祖先，奥林匹克运动和它的道德理念不但造就了新一代的希腊人，同时也增进了世界各国人民的团结和友谊，成为全世界人民最盛大的庆典。

　　第一届奥运会的场地呈"U"字形，有三面看台，敞开的一面对着马路，并免费向游人开放。整个场地继承了古代运动场的合理成分,同时又为现代运动场树立了典范。看台设多个观众出入口,将观众和运动员隔离开来;场地周围有排水设施,最里一端有饮水处。岁月的流失并未使这座气势恢弘的体育场稍逊风采,洁白的大理石看台光洁如初。第一届奥运会开、闭幕式大典在此举行;田径比赛也在这里进行;这里曾奏响了第一曲《奥林匹克圣歌》;这里还吸引了10万之众来观看马拉松比赛的最后冲刺;当年康士坦丁王储就是沿着这条跑道,情不自禁地陪伴着第一个冲入运动场的希腊运动员路易斯奔向终点。虽然原来的沙土跑道现在铺上了塑胶,但这股来自远古的庄严气息,时时吹拂着来这里寻根求源的人们的心。

希腊人同中国人一样素有树碑立传的传统。在场地入口处的两侧各立五尊内容相同的石碑,东为英文,西为希腊文。第一尊上刻着历届奥运会的举办年代和地点;第二尊上刻着迄今为止各位国际奥委会主席的名字及任职时间;第三尊上刻着第一届奥运会组委会成员的名单;第四尊上则简洁地记述了举办第一届奥运会的经历;第五尊上刻着立碑时间和立碑人。

石碑上给人们提供了有关第一届奥运会的基本介绍,场地旁边的第一届奥运会博物馆可以作详细的说明。这里保存并陈列着第一届奥运会筹备期间的所有档案、文件及物品。有当地报纸用希腊语发表的顾拜旦的文章《为什么我要恢复奥林匹克运动》以及第一届国际奥委会主席、希腊文学家维凯拉斯建议希腊政府承办第一届奥运会的报告等,忠实地记录了这段艰难的历史。为纪念阿维罗夫的慷慨壮举,在博物馆旁还为他竖立起一尊雕像,供人缅怀和追思。

1896 年第一届奥运会主会场

主会场旁边的纪念石碑

地　　址：Athens Greece(希腊雅典)

咨询电话：(Head office of the Greek National Tourist organization(GNTO),2 Amerikis str.)

　　　　　(希腊国家旅游局雅典总部):01/3223.111/9

因特网址:http://www. toubis. gr

综合性体育博物馆

现代奥林匹克运动会博物馆
（Modern Olympic Games Museum）

风景秀丽的奥林匹亚是古希腊著名的宗教圣地和竞技中心，举世闻名的古代奥运会的发祥地。第一个现代奥林匹克运动会博物馆就坐落在此，紧临着古代奥林匹亚竞技会遗址。

博物馆始建于 1961 年。它的创始人是著名体育家齐奥格斯（Georgios Papastephanou-Provatakis，1890—1978），他同时也是一位体育艺术品鉴赏家和收藏家，随着藏品量的增加，他专门买了一所房子来放置他收藏的有关现代奥林匹克运动会和比赛的文物，这所房子先前是一所小学，后来就成了该馆最初的栖身之所。1964 年齐奥格斯将博物馆捐献给了希腊奥委会，在此基础上，1968 年 8 月，希腊奥委会着手建立新的博物馆。1972 年 7 月，新馆举行了开馆典礼。新落成的博物馆归国际奥林匹克学院管理，齐奥格斯荣任馆长。

在奥林匹克精神的激励下，齐奥格斯以及他的继任者埃凯维斯（Iakovos Karyotakis，1906—1989），都将他们的身心全部投入到保护和收藏现代奥林匹克运动文物资料中来。通过希腊国家奥委会的努力以及许多热心人士的踊跃捐献，大大丰富了原有的收藏。该馆现任馆长是希腊奥委会副主席乔治（George Moissidis）先生。

在现代奥林匹克运动会博物馆宽敞明亮的大厅里，展藏着从

1896年至今历届奥运会遗留下来的许多有价值的文物,这些文物包括:奥林匹克奖章、火炬、纪念币、张贴画、照片、手册、奖杯、奥林匹克优胜者的证件、纪念品、珍贵的版画和邮品收藏等。展览的第一部分介绍了国际奥委会历任主席,其中,对"奥林匹克之父"顾拜旦(Pierre de Coubertin, 1863—1937)的回忆最令人激动。这位伟人将自己的一生都献给了奥林匹克运动,在他因病逝世后,人们将他的心脏埋在了距博物馆仅几百米远的希腊奥林匹克大理石纪念碑下,以便让他能永远感知奥林匹克运动发展的脉搏。

展览的第二部分重点介绍了1896年举行的第一届现代奥运会,大量珍贵的图片和实物使人们仿佛又回到了19世纪末期,不甚规则的体育场、五花八门的比赛着装、各式各样的起跑姿势、马拉松比赛的盛况以及成分复杂的参赛国运动员,这一切交织在一起,构成了稚嫩而活泼的第一届现代奥运会。它在暴露出明显的缺点与不足的同时,也展现了无穷的发展潜力。这届奥运会的冠军奖牌也十分特别,是由白银制成的,因为当时黄金常与赌博游戏连在一起,被认为是俗物,所以奖牌只有银、铜两种。

第二次世界大战结束后举办的历届奥运会,又使博物馆内的收藏得到了极大的丰富。琳琅满目的展品令人眼花缭乱,百年奥运历程就这样真实地展现在人们眼前,激励大家不断去创造新的光荣,实现新的梦想。

今天,在观众们纷至沓来尽情地浏览现代奥林匹克运动历史的同时,专业人员还可以利用这些文物资料开展奥林匹克研究。博物馆始终将新的体育理念与奥林匹克运动的最新发展状况呈现给观众,使人们树立正确的价值观、人生观,而这一切恰恰是一个现代人当前和将来所需要的。

现代奥林匹克运动会博物馆不仅仅是一个展览场所,同时也是一个文化教育机构,它的最终目标就是宣传奥林匹克运动的教育价值。而实现这一目标的方式并不是强迫观众在此驻足,是真正的乐趣让观众们留恋往返。这里是前往奥林匹亚游客的必到之处。现代奥林匹克运动会博物馆打开了一扇通向现代奥林匹克运动过去与未来之门,人们在参观完古代奥林匹亚竞技会遗址之后,都喜欢来这里比较古今奥运会的不同,展望现代奥运会的发展前景,带回美好的记忆。

通讯地址:Modern Olympic Games Museum GR – 27065

Ancient Olympia(希腊,奥林匹亚)

因特网址:ioa – www@ath. forthnet. gr

坐落在奥林匹亚镇的现
代奥林匹克运动会博物馆

1986 年第一届奥运会马
拉松比赛冠军 Spyros Louis
同 1906 年奥运会马拉松冠军
W. Sherring 象征性会合的宣传画

1936 年柏林奥运会第一次点燃奥运会火炬
的第一个火炬接力传递者 Constantinos Kondylis

华沙体育与旅游博物馆

（The Museum of Sports and Tourism in Warsaw ）

波兰的体育历史源远流长,不仅民族体育丰富,参加奥林匹克运动也较早。在长期的体育实践中沉积下大量的体育文献、资料和用具,1931 年波兰政府就酝酿建立一座体育博物馆将这些珍贵的文物保存起来,并发挥其教育作用。但二次大战的爆发将此计划推迟,直到 1952 年波兰体育旅游局才完成这一凤愿。

博物馆位于波兰体育俱乐部的体育场内,虽然展览面积不大,但藏品较为丰富。博物馆最开始的收藏主要是体育艺术品,经过几十年的积累,现已成为博物馆最具特色的部分。这些艺术品包括体育绘画、海报、雕塑、版画和艺术织物等,数量超过六千件,许多作品都是在国内外获奖的精品;博物馆通过购买和接受捐献等方式收集到有关体育组织和体育俱乐部的徽章、奖章、纪念品、服装、体育与旅游器材、体育邮品等已达到四万二千多件,这其中有建于 1878 年的华沙划船协会、建于 1886 年的华沙自行车协会、建于 1893 年的华沙滑冰协会、特别是建于 1867 年波兰第一个体育协会索科尔(Sokol)体育协会的物品;在这些藏品中,最有价值的还数公元前 8—7 世纪的一些反映波兰古代体育的用品,以及波兰运动员获得的奥运会奖牌和波兰奥委会与国际奥委会及其他国家奥委会相互交往过程中互赠的礼品等。博物馆内的小型图书馆藏有一万四千多篇体育论文的摘要、二千六百多种期刊和三千七百多件的体育档案、三千多宗体育图片档案、将近四万张底片和五千多册画册。馆内体育电影的收藏亦有相当的规模,共有二百二十部,可连续放映一百多个小时。

一定数量的藏品为博物馆的展览打下了良好的基础。除固定展览外,博物馆将办展与旅游紧密结合,不但经常在国内举办临时性的体育展览,还利用体育艺术藏品的优势,到欧洲的一些国家举办体育海报展;博物馆还经常组织一些不同类型的体育竞赛、讲座,充分利用馆内的体育文物向青少年传播历史知识,并创办《研究与资料》杂志,为体育研究者提供资料服务;定期公布的"收藏目录"也为普通观众和科研人员更好地使用博物馆,最大限度地发挥文物资料的作用提供了便利。1974 年,博物馆在喀佩斯基(Karpacz)开设了分馆,主要展示冬季体育项目和体育旅游方面的内容,是博物馆主馆的有机扩展和补充。

开放时间:星期二至星期天(周一休息)上午 10:00—下午 4:00;

其中周四:上午 10:00—下午 6:00。

地　　址:The Museum of Sports and Tourism in Warsaw. Wawelska 5, 02 – 034 Warsaw(Skra) Stadion, sector G.(波兰,华沙)

电　　话:(48) 22 825 04 07 或 825 48 51

传　　真:(48) 22 825 04 07 或 825 48 51

博物馆馆徽

博物馆收藏的
1948 年奥运会证书

展厅一角

波兰奥林匹克运动宣传画

芬兰体育博物馆
(The Sports Museum of Finland)

芬兰体育博物馆是芬兰唯一的一座体育专业博物馆,始建于1938年。1936年柏林奥运会期间,芬兰提出申请举办1940年的第13届奥运会,由于第二次世界大战停办,后来芬兰获得了1952年第15届奥运会的主办权。虽然第13届奥运会未能举行,但其体育设施在1940年以前都已准备就绪。当赫尔辛基奥林匹克体育场竣工时,芬兰体育博物馆也分到了一些房间,这就是博物馆最初的馆舍。经过一番准备,博物馆于1943年正式对外开放。从此芬兰体育博物馆就固定在这一有历史意义的体育场内。随着时代的发展,博物馆于1963年、1983年和1991年进行了扩建和整修,目前是一个集博物馆、图书馆和档案馆为一体的综合性体育历史文化的收藏、保护、研究和教育机构。

博物馆的展览面积共500平米,收藏的文物超过2000件,图片五千多张,以及1000多页的有关体育训练的计划和记录。这些文物主要是滑雪用具、奖章、奖牌和著名运动员的服装等。通过展览观众可以非常直观地了解芬兰体育的历史、奥林匹克运动的全貌以及当今体育发展的状况。这不是一个传统意义上的博物馆,它向体育工作者、研究人员以及所有对体育感兴趣的人提供信息服务。博物馆除了固定陈列外,还经常举办临时展览和巡回展览,并出版有关书籍和杂志,为观众提供全方位的服务。

博物馆的体育图书馆收藏有20000册体育图书,内容非常广泛,有体育历史、人物传记、统计年鉴、奥林匹克文学作品和训练学著作等,另外有三百多种芬兰和国外出版的体育杂志。图书馆设有专门的阅读室和信息服务中心,负责回答有关问题和查找资料,为读者有效地使用和利用图书资料提供了极大方便。

　　芬兰体育档案馆则位于离博物馆约1公里外的一幢建筑里,这里保存着1870年以来芬兰中央体育协会、体育组织和体育俱乐部以及许多个人收藏者保存下来的文物资料,特别是一些研究论文、训练笔记手稿、图片等。这些档案可以免费复印,由于实行了网络管理,查阅起来也很方便。博物馆、图书馆和档案馆共同收藏和展示着芬兰体育发展的历程,传扬着芬兰体育运动一幕幕壮美的画卷,是所有热爱体育的人向往和珍视的地方。

　　开放时间:周一至周五:11:00—17:00;

　　　　　　　周六至周日:12:00—16:00。

　　地　　　　址:The Sports Museum Foundation of Finland,

　　　　　　　Olympiastadion 00250 Helsinki.(芬兰,赫尔辛基)

　　电　　话:(90) 407 011

　　传　　真:(90) 409 232

博物馆
馆徽

图书馆的藏书

展厅一角

德国体育和奥林匹克博物馆
（**Deutsches Sport-Und Olympia-Museum**）

德国体育博物馆的建立有着一个漫长的过程。有"奥林匹克之父"之称的顾拜旦男爵曾说过："举办奥运会，就意味着追述其历史。"德国人对体育的理解也非常深刻，他们认为准备体育比赛、兴建体育设施、组建体育组织和培养运动员等只是一个方面，只有当每个人都了解了体育的历史之后，体育理想才能在一个民族的头脑和心目中真正扎根。因此，他们非常重视体育历史文物的收藏和保护。

德国最早的体育博物馆是 1925 年由体育作家明德特（Erich Mindt）创办的。博物馆位于柏林宫的侧面，主要是作家本人的收藏。30 年代是世界经济的萧条时期，虽然博物馆赢得了许多体育学家和社会学家的支持，但还是难以为继，于 1934 年解散，库存转移到柏林大学研究所，遗憾的是后来的战乱将这些库存的线索都丢失了。二战结束后，各行各业都开始了重建工作，但博物馆的重建议题直到 70 年代才开始真正考虑。1976 年德国体育联合会、德国奥委会和奥林匹克运动员联合会组成了工作组，制定了建馆计划。博物馆的重建工作还得到了民众的支持，他们主动提供文物线索，捐献物品，为建馆做积极的准备。经过 10 年筹备，1986 年德国体育博物馆在科隆开馆，由于条件所限它租用了一座临时建筑，紧挨着科隆体育大学、联邦德国中央体育与科学图书馆和体育史研究所。选此位置是希望同众多的研究机构进行有效的合作,使体育、科学、文化与艺术尽可能地融合在一起。为了实现有效的管理,博物馆还成立了基金会,有包括政府、个人和企业团体在内的 35 个会员,保证了博物馆的运转。

博物馆的宗旨也非常明确:1、保护文化遗物,并作为一个培养民族传统意识的场所;2、借助于历史研究,使大众能从社会、经济、政治、文化各个方面理解体育、游戏和竞技体育的发展;3、作为一个体育与艺术紧密联系的场所,并经常进行体育与艺术的交流与探讨;4、展示体育发展的最新动态、发展趋势及存在的问题,并作为一个多用途的公共设施运作。在实际工作中,博物馆将收集、陈列和研究作为工作的三个主要方面,固定陈列有古希腊奥运会、德国体育历史和现代奥林匹克运动等部分。除此之外,他们花大量的精力,配合一些重要的体育比赛和庆典举办临时展览,如:为纪念德国划船协会成立 100 周年,博物馆为其举办了"艺术再现划船展";还有反映篮球运动历史的"德国篮球 50 年展"以及一些体育艺术展等。

博物馆的前任馆长是国际著名的体育史研究专家、国际体育史协会副主席雷曼博士。在他的带领下,博物馆非常重视研究工作,每年举办一次博物馆学方面的专题研讨会,研究部还编辑出版"奥林匹克圣火"杂志,特别在体育与艺术方面的研究卓有成效,已完成体育与艺术的专题论文和文章五千多篇;建立了几千宗体育与艺术图像档案和奥林匹克艺术竞赛的作品档案等,他们的研究成果已向三百多个体育机构提供咨询服务。

1999 年,在新世纪到来的前夕,德国体育博物馆适应时代的要求,在科隆的黄金地段建立了新馆,并更名为德国体育与奥林匹克博物馆,从大学和研究机构走向更广阔的社会,从而实现其更大的社会价值。

地　　址：Deutsches Sport-Und Olympia – Museum Rhein-
　　　　auhafen 1, 50678 Koln.（德国，科隆）

电　　话：(02 21) 3 36 09 – 0

电子信箱：sportmuseum@ sportmuseum – koln. de

德国体操的历史
长不长看看胡子就知道了

德国体育博物馆
的临时馆还是一座古堡

丹麦体育博物馆
（Danmarks Sports Museum）

　　丹麦的体育运动有着悠久的历史，建立国家体育博物馆这一想法要追溯到现代奥林匹克运动的诞生。1894 年，丹麦国会议员费德烈—巴杰（F. Bajer）参加了在巴黎召开的重建奥林匹克运动国际会议，成为恢复现代奥林匹克运动的先驱者之一。1896 年丹麦足球协会以及其它不同项目的运动俱乐部共同创立了丹麦运动协会，并于当年率领丹麦体育代表团前往希腊雅典出席了第一届奥林匹克运动会。1899 年贺贝克上尉（Captain N. V. S. Holbek）成为丹麦第一位国际奥委会委员。1905 年丹麦国家奥委会成立，专门负责组织参加奥运会事宜。从 1912 年开始，丹麦国家奥委会就注重收集与奥林匹克运动有关的文物，一些体育单项俱乐部的会员也向他们提供奥林匹克奖章等有关的物品，为丹麦体育博物馆的建立打下了基础。

　　1964 年丹麦代表首次出席了国际奥林匹克研讨会，其主席团成员文德（Mr. Lvar Vind）是丹麦籍奥委会委员，专门负责奥林匹克研讨会事务。以后，丹麦在传播奥林匹克精神与文化方面也积极发挥他们的作用。1986 年丹麦奥林匹克学院建立了起来，一项重要任务是在维吉勒（Vejle）建立丹麦体育博物馆与图书馆，通过举办体育展览维护与宣传奥林匹克理念、传播奥林匹克运动的社会与教育价值。

　　丹麦体育博物馆现已搬迁到维吉勒新建的音乐剧院建筑群

内,良好的文化氛围、出色的展览设计,将观众融进丹麦乃至世界体育发展的历史之中。人们借助动态的画面、真实的声响,使那些久远的和现时的震撼人心、永世难忘的体育历史画面在身旁一一闪过,就像同运动员们一起来到了沸腾的赛场,与他们共享成功的喜悦和失败的沮丧。丹麦在奥运会历史上曾获金牌 20 枚,银牌 25 枚,铜牌 33 枚,在这里你不但可以找到奥运会奖牌获得者的身影,还可以通过图书馆获取更多的有关体育明星们的资料以及许多体育历史方面的信息与档案。

丹麦体育博物馆除举办体育展览、开放图书馆外,还举办多种体育文化活动,其中最引人注目的是与奥运会参加者俱乐部在每年 9 月共同举办的奥运会参加者的聚会。奥运会参加者俱乐部是丹麦国家奥委会于 1989 年建立起来的,当初是以奥运会奖牌获得者为主,自 1991 年开始吸纳所有参加过奥运会的人参加,到目前约有 400 人。他们年龄最长的会员已超过 90 岁高龄,他曾是 1920 年安特卫普第 7 届奥运会的田径选手。奥运会参加者的聚会通常都有一个活动重点,诸如举办奥林匹克运动的演讲以及放映奥运会影片等。聚会时要点燃 1952 年赫尔辛基第 5 届奥运会的原始火炬,因为丹麦籍国际奥委会委员雷尔斯(Mr. Niels H)是这届奥运会第一位奥运会圣火的传递者。

丹麦体育博物馆是在丹麦国家奥委会和国家奥林匹克学院管理下的一个重要的奥林匹克体育文化宣传部门,特别是 1993 年丹麦运动协会和国家奥委会合并以来,在传播奥林匹克文化和保护丹麦民族体育文化方面发挥着越来越大的作用。

地　　　址:Danmarks Sportsmuseum Vedesgade 27.7100.
　　　　　　Vejle(丹麦维吉勒)

电　　　话:45 75 727755

传　　真:45 75 723135

博物馆馆徽

博物馆保存的丹麦足球队的照片

爱沙尼亚体育博物馆
（Estonian Sports Museum）

爱沙尼亚共和国位于波罗的海东岸。1918 年建立共和国，1940 年成为前苏联的一部分。1991 年宣布独立，并被国际社会广为承认。爱沙尼亚早在 1923 年就建立了国家奥委会，并参加了1920—1936 年举行的历届奥运会。1991 年国际奥委会正式恢复爱沙尼亚在国际奥委会中的合法席位。

人口不足 200 万，国土面积仅有 45215 平方公里的爱沙尼亚共和国却有着爱好体育运动的传统和良好的运动成绩。1963 年 1月 28 日建立起来的爱沙尼亚体育博物馆，展览和收藏的 77000 多件文物、图片，直观、形象地讲述着爱沙尼亚人民的体育故事。

爱沙尼亚体育博物馆的固定陈列的主题为"爱沙尼亚的体育文化和体育运动"。展览主要反映爱沙尼亚奥委会的历史，以及爱沙尼亚运动员们在国际大赛上所取得的运动成绩。

在现代奥运会史上，爱沙尼亚第一枚奥运金牌是由摔跤运动员马丁－凯伦（Martin Klein）于 1912 年斯德哥尔摩奥运会上获得的，当时他是俄罗斯队的队员。1920 年比利时国家奥委会和顾拜旦先生将爱沙尼亚作为一个独立的国家，邀请其参加安特卫普奥运会。1923 年爱沙尼亚成为国际奥委会的合法成员后，先后有两名爱沙尼亚人士被选为国际奥委会委员，他们是阿克尔（Friedrich Akel，1928—1932）和普克（Joakim Puhk，1936—1942）。爱沙尼亚人将 1920—1936 年期间作为一个独立国家参加国际奥林匹克运动这段历史当成民族的骄傲加以称颂。展厅内高挂着阿克尔博士和普克先生的画像，展示着在短短的 16 年中，在 4 届奥运会上 6

枚金牌、7 枚银牌和 12 枚铜牌获得者的图片和实物。爱沙尼亚奥运代表团,在 1936 年的柏林奥运会上表现最佳,获得了 2 枚金牌、2 枚银牌和 3 枚铜牌的好成绩,这在爱沙尼亚奥运史上是绝无仅有的。特别是奥运冠军自由摔跤运动员潘卢山娄(Kristjan Palusalu)高超的技艺和优秀的品质令人永远难忘,展览不但展现了他夺冠的瞬间,同时也展现了他在训练中使用的各种器械和用具,使观众能透过冠军们的辉煌感受到背后那艰苦训练的历程。博物馆呈现给观众的是一个奥运冠军的全部运动生活,而更能打动人心的正是通向成功之路的过程。除此之外,展览还通过爱沙尼亚运动员在其他世界大赛上获得的奖品、奖章和体育宣传画等珍贵文物,力求全面展现这段令人骄傲和回味无穷的历史。

二次大战后,爱沙尼亚成为前苏联的一员。从 1940 年到 1988 年爱沙尼亚运动员为前苏联队赢得了 33 枚奥运会奖牌,为前苏联的长胜立下了汗马功劳。展览将实物、图片和大屏幕相结合,重点展现了爱沙尼亚运动员在 1988 年汉城奥运会上的出色表现。有奥运会冠军自行车运动员萨鲁米(Erika Salumae)比赛时的身影,有获得皮划艇亚军的托马斯孪生兄弟奋力拼搏的场面,也有民众在首都广场上以民族传统方式迎接两位篮球冠军队成员凯旋时的情景。体育运动那难以阻挡的魅力,使人屏弃了政治羁绊,共享成功的欢乐。

展览最后一部分以国际奥委会在 1991 年恢复爱沙尼亚合法席位为开端,介绍了爱沙尼亚奥委会近几年开展奥林匹克运动、宣传奥林匹克精神和开展体育与诸多领域合作等方面所做的各项工作以及爱沙尼亚运动员在巴塞罗那、亚特兰大、悉尼奥运会和近几届冬奥会上的表现等内容。展现在观众面前的是独立的爱沙尼亚体育运动发展的美好前景。

另外,博物馆所属的体育图书馆和档案馆也同时向观众开放。博物馆还与爱沙尼亚体育史协会有着密切的联系,为体育史的研究提供宝贵的文物、史料。

开放时间：星期三至星期天

地　　　址：Estonian Sports Museum, Riia 27A EE 2400
　　　　　　Tartu Estonia.（爱沙尼亚, 塔林）

电　　话：27 427959

传　　真：27 427957

电子信箱：esm@esm. tartu. ee

博物馆
馆徽

博物馆收藏的印有 20 世纪
20 年代著名的女运动员玛丽
安娜（Mariana Loors）头像的海报

博物馆收藏的 1926—
1932 年爱沙尼亚网球锦
标赛的优胜奖挑战者牌

捷克体育博物馆

（Czech Physical Culture and Sports Museum）

捷克 1918 年建国,1960 年与斯洛伐克合并,1992 年分属两个独立的国家。长期以来,捷克是一个多民族、多元文化的国家。历史学家很早就认识到体育是社会生活的一部分,通过体育活动可以将本民族的思想传播到海外,并可以此吸纳各民族思想的精华。为了安全有效地保存体育文物资料,证明各个时期捷克体育发展的轨迹,促进体育科学研究、进行体育教育和传播体育文化,捷克政府在建国初期就萌发了建立体育博物馆念头。1931 年,捷克体育史上两位卓越人士,体育前辈和博物馆专家皮特（Karel Petra）和体育编辑、博物馆学博士盖斯（Joset Guss）先生在布拉格发起举办了捷克历史上首次体育展览,在此基础上于 1941 年成立了一个临时展馆。1953 年捷克体育博物馆在布拉格正式建立。随着博物馆功能的扩大、知名度的提高,1972 年作为捷克历史一个重要组成部分,捷克体育博物馆与国家博物馆合并。

博物馆展现了从文艺复兴以来捷克体育发展的历史和成就。文艺复兴使人们重新认识了体育的价值,引导人们从理论和实践的各个方面去探索体育的意义。展览首先回顾了捷克教育家夸美纽斯（Comenius,另译 Jan Amos Komensky 考门斯基）的教育主张（他认为"通过体育活动可达到使身心健康"）以及他为近代学校课间活动的创立所作的贡献。19 世纪体育运动在捷克广泛开展,并成为人们社会生活中不可分割的一部分。各种体育组织和俱乐部纷纷建立。展览重点展示了建立于 1862 年的捷克第一个体育组织索科尔(Sokol)为推动捷克体育发展甚至在创建斯拉夫国家现代体育方面所起到的难以替代的作用。博物馆将复原的索科尔协会创始人泰罗斯博士(Miroslav Tyrs)办公室放在展厅的显著位置,办公室内的家具、纪念品、个人收藏品、书籍、手稿等文物是 1937 年泰罗斯博士去世后其家人捐赠给协会的。索科尔体育协会从建立到 1951 年共沉积约 3000 多件文物,博物馆从众多的奖章、锦旗、证书、艺术品、奖品中精选数百件陈列,其中包括 1889 年索科尔协会在巴黎举行国际体育比赛获得的独特的奖品;一些来自美国、瑞士、法国、保加利亚、英国、德国和卢森堡等友好国家赠给索科尔协会的纪念品、礼品等。这里展出的油画、版画和雕塑作品有些是著名诗人和作家基利(Jili)赠给协会的,这些来自"基利艺术画廊"的作品,是 20 世纪 50 年代捷克艺术馆的珍品。索科尔体育协会在捷克存在了近一个世纪,最初它组织人们做体操、野营、远足,后来逐渐开展国际国内的体育竞赛并参加奥运会,它的触角甚至深入到公众收藏、戏剧表演、出版书籍杂志、出席国家和教会组织的庆典活动等。索科尔体育协会对捷克社会生活的影响已远远超出了体育本身。它是捷克人民最值得信赖的体育组织,被誉为集聚"民族力量"的象征。而这里展现给观众的正是捷克体育历史长河之中那华彩的乐章。

博物馆还将布拉格大学教授、著名作家、教育学家古特－亚尔科夫斯基博士(Jiri Guth－Jarkovsky)的事迹作了重点陈列。古特生活的时代捷克尚未建国,而当时称做波希米亚的王国并不是一个独立的国家。1891 年古特赴巴黎学习法国体育教育时,与"现代奥林匹克之父"顾拜旦结为好友。当顾拜旦提出恢复奥运会的计划时,他极力拥戴顾拜旦的主张,并直接参加国际奥委会的创建工作,是现代奥林匹克运动的奠基人之一。1894 年国际奥委会成立时,他是唯一一位未独立国家的代表。古特将奥林匹克运动和奥林匹克精神带到了波希米亚,在他的努力下,波希米亚从奥匈帝国的体育组织中独立出来,使捷克运动员能独立参加奥运会并使用自己的会旗、穿自己的服装。1899 年古特创建捷克奥委会并荣任第一任主席。古特在国际奥委会中的特殊地位和捷克奥委会的建立为捷克的国家独立和民族解放起到了开创性的作用。因此,捷克视古特为民族英雄。

博物馆大部分空间是展示不同时期捷克体育运动成就的。有 1889 年获得欧洲体操比赛冠军的体操队;有在 1934 年进入了世界锦标赛决赛,并在 1962 年获得亚军的足球队;还有在奥运会上有突出表现的一些球类和水上项目的代表队等。博物馆将所有在国际体育大赛中获得奖牌的运动员介绍给观众,让所有来参观的人一起分享成功的喜悦,体会体育运动的乐趣。

博物馆内的体育图书馆、档案馆和信息资料中心互通有无,相互联系,已举办了 150 多次临时展览,并且同波兰、爱沙尼亚、保加利亚等体育博物馆开展馆际联系、巡展,是目前世界上最好的体育博物馆之一。这不仅是因为它的展览,更重要的是它在文化交流、发挥体育历史与传统的教育作用方面功绩显著。

现任馆长科维塔施拉娃(Stursova Kvetoslava)博士,是一位专家型的博物馆管理者。她从 1962 年起就在该馆工作,积累了丰富的专业知识和管理经验,其著作《体育博物馆概述》不但为捷克体育博物馆的管理工作提供了理论指导,并且对所有体育博物馆都将有理论指导意义。

　　　地　　　址:Czech Physical Culture and Sports Museum, Ujezd 40,Praha 1 – Mala Strana.(捷克.布拉

格)

电　　话:(422)532671,532193,532116

博物馆馆徽

博物馆坐落在国家博物馆内

博物馆的自行车历史展览

保加利亚体育博物馆

（Muzeum of Physical Culture and Sports in Bulgaria）

保加利亚地处欧洲东南部,一些起源于欧洲的近代体育项目很早就在这片土地上开展和传播,并建立起许多体育组织,为保加利亚体育的发展作出了贡献。保加利亚体育博物馆非常重视收集这些反映早期体育活动的文物,并作为陈列的重点。博物馆首先陈列的是从1878年保加利亚独立以来一些保加利亚体育组织推广和传播近代兴起的体育项目的珍贵物品,这部分展示的图片文物多达500多件,反映的内容主要包括:1884年成立的狩猎协会、1888年建立起来的索菲亚自行车俱乐部、1895年建立的远足协会、保加利亚第一个体操协会、1911年在原体育俱乐部基础上陆续建立起来的保加利亚网球俱乐部、足球俱乐部、冰球俱乐部、棋馆、击剑俱乐部和其它一些体育组织开展活动的状况;另外,还有田径、篮球、排球、竞走、草地曲棍球、滑冰、游泳、划船、拳击、摔跤和举重等项目的活动状况。

为了延续历史,传承文明,一些在国家独立前就已收藏的文物,博物馆也给予妥善保存。比如该馆保藏的1880年用手工制作的保加利亚最早的木制自行车,不但在保加利亚体育史上有重要意义,在研究世界自行车运动史方面也有重要的实证意义。博物馆展藏的一些反映民间体育活动的文物也很有特点,比如"19世纪保加利亚最强壮的人"的奖牌,反映了那个时代人们的体育审美倾向;保加利亚第一枚田径比赛的金牌和长跑比赛优胜者的用具可以随时再现一个世纪前的田径运动的状况；而"脚踏车之王"的照片，又把人们带到那遥远的过去。在博物馆，观众们不但可以回忆起许多优秀运动员的事迹，再现他们在运动场上的风姿，而且可以了解一些民间体育活动的规则、浏览许多自己感兴趣的体育书籍，还可以学到一些普遍开展的运动项目的活动方式。

　　总之，保加利亚体育博物馆展现给观众的不只是历史和文物，它传扬的是一种民族的精神，提供给观众的是实实在在的知识和指导。它是广大观众的良师益友，来到保加利亚的人都值得在此驻足。

　　开放时间：星期二至星期六，上午10：00—下午6：00。

地　　　址：Muzeum of physical Culture and Sports ，Sofia 1
　　　　　　Bulgaria Blvd，V，Levski Stadium.（保加利亚，
　　　　　　索菲亚）

电　　　话：86 51 转 437

博物馆馆徽

博物馆收藏的文物

挪威奥林匹克博物馆

（Norzuay Olympic Museum）

1997 年 11 月 27 日,挪威奥林匹克博物馆在第十七届冬奥会的主办地利勒哈莫尔（Lillehammer）建立。两层楼的博物馆建筑分 3 部分展示着国际奥林匹克运动的历史、现状以及挪威运动员在奥运会上的出色表现。

博物馆一楼展出的是奥林匹克运动的历史。该部分主要通过大屏幕和图片等手段展现了从公元前 776 年开始在希腊延续了1500 多年古奥运会的各种场景;现代奥运会于 1896 年在雅典举行,展览突出了法国教育家顾拜旦男爵为恢复奥运会而作出的努力,来自 14 个国家的 245 名参赛者拉开了第一届奥运会的序幕;1924 年,第一届冬季奥运会在法国的夏蒙尼（Chamonix）举行,挪威是主要参赛国,其中有年仅 12 岁的索尼亚—海妮,她后来 3 次夺得冬奥会金牌,蜚声国际体坛;优秀男选手豪格则参加了滑雪所有 4 个项目的比赛,并且夺得其中 3 个项目的金牌和一个项目的银牌,这在冬奥会滑雪运动史上是绝无仅有的;素有"雪上王国"之称的挪威队以自己的实力取得第一届冬季奥运会总分第一名,为冬奥会的举行作出了贡献。展览在追溯历史的基础上,对奥林匹克运动的发展,特别是将要举办的雅典奥运会作了展望。

博物馆二楼的"'94 利勒哈莫尔"展,回顾了 1994 年在利勒哈莫尔召开的第 17 届冬季奥运会。冰雪运动在利勒哈莫尔有着悠久的历史,早在 1867 年,有"滑雪圣地"美誉的利勒哈莫尔就举行了首届滑雪运动会。良好的冬季运动设施和优美的自然环境使利勒哈默尔成为奥运史上纬度最高、气温最低的一次赛会。这届历时 16 天的盛会吸引了 67 个国家的 1737 名运动员参赛。国际奥委会主席萨马兰奇先生和挪威国王哈拉尔五世（Harald V）出席了开幕式，挪威王储霍肯王子（Haykon）点燃了主火炬。针对当时愈演愈烈的萨拉热窝战火，萨马兰奇呼吁交战双方："停止战争，放下武器"，并号召所有的朋友和全世界电视机前的观众为战火纷飞的萨拉热窝静默一分钟。展览不仅再现了运动员们在比赛中的精湛技艺，同时展现了开幕和闭幕式的盛典，以及大会组织、运动会的设施、志愿者的服务和文化表演等方面。展览形象地说明在环境优美的利勒哈莫尔举办的这届冬奥会，反映了挪威人高超的组织能力，是冬奥会史上最好的一届。

在二楼展出的另一部分是一个称之为"奥林匹克空间"的收藏展。其展品主要来自前国际奥委会委员、著名的体育收藏家让—斯坦罗博（Jan Staubo）倾心多年的收藏，还有挪威著名收藏家汉斯—罗得（Hans Rode）捐助的藏品。这些文物包括一些纪念章、奖牌、纪念币、纪念邮品和冬奥会参赛运动员的服装、器械等。这里展出的一些特殊的藏品是来自挪威王室的，有些是王室成员颁发给体育组织和运动员的奖品和荣誉纪念品，还有一些是王室成员出席体育庆典使用过的物品以及签署过的文件等。

为方便观众参观，博物馆设有咖啡厅和体育纪念品商店，并同许多其他专业博物馆实行联合通票，其讲解采用了挪威、英、德、法等四国文字；在学生假期期间还组织各种体育娱乐活动，寓教于乐，是青少年学生们喜爱的公共教育场所之一。博物馆的环境宽阔舒适、交通方便，并为残疾人开设了专门通道，给每一个来此参观的人留下了美好的记忆。

开放时间:夏季(5月19至9月15日),上午10:00—下
午6:00,每日开放;

冬季(9月16至5月18日),上午11:00—下
午4:00;星期一和节假日闭馆。

门　　票:成人50克郎;学生40克郎;儿童25克郎;家
庭票(父母加16岁以下的孩子)125克郎;旅
行团350克郎。

地　　址:Norges Olympike Museum, Hakon Hall, Lille-
hammer Olympic Park, N－2600 Lillehammer
(挪威,利勒哈莫尔.)

电　　话:61 25 21 00

传　　真: 61 25 21 44

因特网址:http://www. ol. museum. no

博物馆内大屏幕演
示的奥林匹克历史展

博物馆
馆标

博物馆收藏的
冬季奥运会邮票

奥林匹克博物馆
（Olympic Museum）

隶属于国际奥委会,位于瑞士洛桑市乌希湖畔的奥林匹克公园内。1993年6月23日开馆。负责奥林匹克文物资料、档案的收藏、保护和展览,进行奥林匹克研究,宣传奥林匹克宗旨,用奥林匹克精神进行社会教育,并为国际奥林匹克大家庭和公众服务,是迄今为止世界上收藏最完整、最著名、最有活力的体育博物馆。

建立奥林匹克博物馆、保存几千年来奥林匹克运动留给人类的宝贵物质与精神财富,使其发挥教育作用,一直是现代奥林匹克运动的创始人顾拜旦的一个梦想。1915年国际奥委会迁至洛桑时,第一座临时博物馆也宣告落成,以后又随国际奥委会总部多次迁移。顾拜旦先生去世后,奥林匹克运动经历了较长时间的挫折,奥林匹克博物馆一直未能找到一个固定的场所,到20世纪60年代,博物馆已相当破旧,处于半关闭状态,国际奥委会多年来收藏的文物未能像顾拜旦先生"梦想"的那样发挥作用。国际奥委会第6任主席拉基宁曾无奈地说:"我希望她将来能有所作为,现在她需要时机和经济支持。"1980年萨马兰奇当选国际奥委会主席后,成功地解决了选址和资金问题,聘任资深博物馆学家蒙雷亚尔（Luis Monreal）做业务准备,亲任奥林匹克基金会主席以确保博物馆的运作。1988年奥林匹克博物馆破土动工,1993年6月23日作为奥运百年的庆典之一,奥林匹克博物馆开馆。顾拜旦先生的梦想终于变成了现实。

　　奥林匹克博物馆建筑面积为11000平方米，展览面积为3400平方米。其中展览共分五部分：①古代奥林匹克的历史。有一百多件从希腊、罗马、奥地利和匈牙利等国家博物馆和私人收藏家手中借展、复制以及捐献来的瓷器、青铜器、大理石雕塑等文物，是奥林匹克运动不朽的历史长河中沉积下来的体育艺术品，生动形象地展示了古代奥林匹克运动的起源、兴盛和衰亡的历史。②现代奥林匹克的历史。将著名运动员捐献的文物资料、各种因奥林匹克运动而产生的遗存物与现代声像技术相结合，真实地展现了从1896年至今的夏季奥运会和1924年以来的冬季奥运会；从1894年当选的首任主席维凯拉斯到现任主席罗格等8任国际奥委会主席的简况、各个国家或地区奥委会和各国际单项体育组织的简况。通过客观地表现奥林匹克运动三大支柱的活动状况，宣传奥林匹克宗旨，倡导奥林匹克精神，扩大奥林匹克运动对世界进步与发展的影响，从而使观众受到启迪和教育。③顾拜旦个人展。有一百多件顾拜旦的遗物、档案材料和书信等文物，通过原物陈列、原状复原等展览形式，再现了顾拜旦的个人生活、工作环境，对现代奥林匹克运动的贡献以及对现代体育和社会所产生的重大影响。④奥林匹克邮票和纪念币展。收藏了来自137个国家的12000多枚奥林匹克邮票和600多枚奥林匹克纪念币，萨马兰奇先生捐献了他的所有邮品，是目前世界上最珍贵、最完整的奥林匹克邮品和纪念币展。该展厅还介绍纪念币的制作过程，展示其制造工具，同时展出的还有奥运会会标和宣传画等内容。⑤临时展厅。这一展厅总是通过内容的变换给人以新意，尤其在旅游淡季时利用率高。只要与体育、奥林匹克运动以及文化有关的艺术创造都可以在此展出。

　　此外，博物馆还设有视听室、图书馆和研究中心、会议中心、商

店和咖啡厅等。1999年6月23日—10月3日,奥林匹克博物馆
举办了"艺术与传统——中国体育5000年"体育文物展览,展出
中国体育博物馆以及世界上各收藏机构收藏的150件珍贵的体育
文物,展示了中国多姿多彩的古代体育文化。2000年,奥林匹克
博物馆进行了二期工程,展览面积和库存都加大了,展厅也进行了
重新布置。奥林匹克博物馆以其独特的魅力吸引着来自世界各地
的游客,观众数量每年多达20万人左右。1995年获欧洲博物馆
奖,1997年再获此奖。现任博物馆执行主席为国际奥委会秘书长
茨魏费尔女士,前馆长为巴雨(Jean Pahud)先生。现任馆长为原
法国《队报》主编弗朗索瓦·卡贝先生。

通讯地址：Quai d,Ouchy 1,1 001

　　　　　　Lausanne,Suisse.（瑞士,洛桑）

电　　话:41 -21 -6216511

传　　真:41 -21 -6 2 1 6 5 1 2

因特网址:http://www. museum. 0lympic. org

博物馆馆徽

比利时画家为顾拜
旦所作油画"马上击剑图"

博物馆奥林匹

克公园内的雕塑作品

本书作者在奥林匹克博物馆

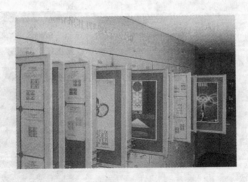

博物馆展览一角

萨拉热窝奥林匹克博物馆
（Sarajevo Olympic Museum）

1984 年 2 月 8 日,第十四届冬季奥运会在前南斯拉夫历史名城萨拉热窝市隆重举行,与此同时,一座专为本届奥运会而建的博物馆也在同一天正式开放。除了瑞士洛桑和希腊奥林匹亚两地的博物馆之外,这座博物馆是世界上仅有的几座奥林匹克博物馆之一。

向第十四届冬季奥运会奉献一座博物馆,这种想法始于 1983 年,通过全体工作人员的不懈努力,短短九个月后,博物馆便落成开幕了。人们把这座博物馆看成是"艺术与体育"结合的产物,认为它代表了这两种截然不同的领域间的联系,是传播奥林匹克理想的重要机构。同时,由于这里还举办各种活动,所以它也是前南斯拉夫著名的文化中心。

该博物馆的内容安排和文化活动也有其独到之处,重点突出了以下内容。首先,是以长期固定的形式宣传在南斯拉夫举行的最大的运动会。这个运动会的目的是为促进萨拉热窝和全国的经济文化的发展,进一步促进体育运动和旅游娱乐事业的发展。其次,加强萨拉热窝市与其他地区及国家体育文化研究机构之间的合作与交流。通过交换学术研究成果和资料,努力消除不同文化领域间的界限,共同促进体育文化科学的发展。

作为一座文化中心,该博物馆在内部组织机构上可分为以下三部分。

一、博物馆：主要承担与博物馆工作和教育工作有关的展览。在博物馆的一楼，设有一个关于第十四届冬季奥运会的长期展览。所展出的内容涉及奥运会的组织和筹备工作，包括萨拉热窝申请举办奥运会，奥林匹克火炬到达萨拉热窝、举办奥运会、开幕式、比赛高潮、发奖仪式和闭幕式。记录这一过程的材料包括照片、文字记载以及关于奥运会各个阶段的文字介绍和录像，包括著名画家伊兹麦尔·莫泽诺维奇在内的众多艺术家的奥林匹克招贴画，为纪念奥运会发行的硬币和邮票，著名的国际艺术大师们的"艺术与体育"的作品。此外，还有从个人、组委会和萨拉热窝市收集来的有关冬季奥运会的各种纪念品，这些都是重要人物、代表团和公司赠送的。一些运动员送给博物馆的东西以及有关冬季体育运动历史的物品也都在博物馆展品之内。

在加拿大的卡尔加里冬季奥运会之后，萨拉热窝奥运会就成为历史，因此奥林匹克博物馆也得对展品重新调整，只能留下体现第十四届冬季奥运会重大活动和事项的有代表性的展品，而其余展台都要展出关于萨拉热窝奥运会之后，该市举行的冬季比赛和有关在卡尔加里举行的第十五届冬季奥运会的展品，重点是展示本国运动员在那些比赛中取得的成绩。录像是现代博物馆展览中不可缺少的演示手段，因此记载着第十四届冬季奥运会内容的录像带也就是长期展品中的重要组成部分。它吸引了无数的外来旅游者和当地群众，其中绝大部分是常来参观的青年学生。在博物馆收藏的有关第十四届冬季奥运会的档案中，包括了这次奥运会筹组工作的全部文件，也包括多年来不断收集的有关奥运会、冬季运动、南斯拉夫奥委会、国际奥委会、奥林匹克博物馆以及其他奥运会的筹备组织工作的相关简报。这些档案资料对研究首次在南斯拉夫举办奥运会这项工作来说是极为有价值的。此外，这些档案资料也为其他大型运动会的组织者提供了巨大帮助,如萨格勒布大学生运动会、贝尔格莱德夏季奥运会的申请工作以及卡尔加里的第十五届冬季奥运动会。另一方面,博物馆对学生和其他人士在有关撰写论文、准备学术报告、讲课等方面也有所帮助,并且为奥林匹克运动的爱好者和从事奥林匹克运动研究的各界人士提供了大量的参考资料。

二、画廊:展出的内容包括图表设计、体育照片、建筑资料(包括照片、文件、设计)、出版物、纪念章,以及最有价值和最有意义的前南斯拉夫艺术家们的作品,比如从历代的国家博物馆、萨格勒布工艺美术博物馆、波隆巴克画廊、卢布尔雅纳艺术室等地借来的大批展品,展品中还包括有关史前时期、古代和中世纪的与体育有关的考古展品。第十四届冬季奥运会博物馆的特点之一是所举办的展览会大都遵守"体育与艺术"结合的原则,其中有体育摄影,体育漫画,体育刊物,体育招贴画,体育邮票和体育建筑图片等。此外,这里也举办博物馆自身收藏品的展览,如第十四届冬季奥运会的建筑图表,儿童绘画和体育摄影展。这些展品也在南斯拉夫和国外其他文化中心展出,从而扩大了该博物馆的影响。

三、艺术车间:这里是博物馆的第三个重要部门。它包括彩色照片冲印、图片裱装。提供了从印刷资料、冲印照片到装潢展出一整套简便、迅速、高效的服务。

该博物馆在第十四届冬季奥运会后,还承担了与本届奥运会有关的一些任务和活动,于该届奥运会之后,在三个冬季奥运会举办城市萨拉热窝、卡尔加里、阿尔伯达的体育人士相聚之际,在1984年洛杉矶夏季奥运会和1988年卡尔加里第十五届冬季奥运会期间,向大家介绍第十四届冬季奥运会及举办地点萨拉热窝市;并在国内外多次放映第十四届冬季奥运会的影片;向瑞士洛桑奥林匹克博物馆介绍本馆的情况;在希腊奥林匹亚博物馆举办萨拉热窝奥运会的展览;并于1985年成立了南斯拉夫奥林匹克研究所。但遗憾的是,这座珍贵的博物馆在波—黑战争中受到重创,部分文物毁于战火,这是战争给奥林匹克运动带来灾难性破坏的一个真实的物证,并传达着人们对世界和平的渴望。

　　咨询地址:Qlimpijska dvorana ZETRA Alipasina bb BA –
　　　　　　　71000 sarajevo(波—黑奥委会,萨拉热窝)

　　电　　话:(38733)663513

　　传　　真:(38733)663410

　　电子信箱:Okbin@hotmail.com

萨拉热窝第十四
届冬季奥运会纪念盘

萨拉热窝第十四届
冬季奥运会纪念背心

战前博物馆外景

战争中博物馆被毁坏

中国体育博物馆

（China sports Museum ）

中国体育博物馆是中国第一座收藏、陈列和研究体育文物和史料的专业博物馆。建于 1990 年,位于北京市朝阳区安定路甲 3 号——国家奥林匹克体育中心的东南角,建筑面积 7100 平方米,展出面积 2510 平方米,拥有六个展厅和一个中央大厅,另外,还拥有一个体育图书资料室和体育档案馆。中国体育博物馆通过接受移交、捐赠以及购买等多种形式,收藏保存古今体育文物五千余件,珍贵体育文物图片五千多幅,体育图书三千多册,体育档案近五万卷(件),声像资料两千多盘。其中,在甘肃嘉峪关出土的魏晋时期彩绘骑射狩猎画像砖、河南洛阳出土的宋代打马球砖雕都是国家级文物,明代的五彩婴戏高足瓷碗、清人绘制的仿仇英的对弈图等都是体育文物精品。这些珍贵的体育文物资料不仅是博物馆举办展览的基础,也为学者们进行体育文化历史和奥林匹克研究提供了全面的信息服务。

中国体育博物馆的展览分为中国古代体育厅(第一展厅)、中国近代体育厅(第二展厅)、中国当代体育成就厅(第三、四展厅)、奥林匹克运动厅(第五展厅)和中华民族传统体育厅(第六展厅)。中国体育传统与奥林匹克文化的结合是本馆的主题,而这种结合的见证在本馆触目皆是。它采用现代先进的展示技术,沿着时间隧道,将古老的中国体育传统与奥林匹克文化一幕幕展现出来,给展览增添精彩,给观众留下难忘。

第一展厅——中国古代体育厅,踏着历史的脚步,将先秦、秦、汉、三国、两晋、南北朝、隋、唐、五代、宋、辽、金、元和明、清各个时代的体育活动展现出来。中国古代体育是随着社会政治、经济和整个科学文化及精神文明的发展而逐渐产生发展起来的,其内容广博,形式多样,具有鲜明的民族风格,是中华民族传统文化的一个组成部分,是一项集健身养生、娱乐教育和军事训练等各种社会功能为一体的综合性活动。百余件文物、八十多幅图片和二十多幅绘画、拓片,表现了中国古代体育的发展轨迹。

先秦是中国古代体育产生和形成时期,这里展出的有关舞蹈、狩猎、射箭、角抵、竞渡和青铜剑等文物雕饰、刻画和实用品,再现了在生产劳动、部落战争和日常生活中古代中国体育的萌芽和产生、形成过程。秦、汉、三国,是中国封建社会的上升时期,统一的多民族封建国家的建立,政治、经济、文化的发展,人民生活的相对安定,为古代体育的全面勃兴创造了有利的条件,反映在墓葬壁画、画像石、画像砖、陶俑以及诗、赋、词等文艺作品中的这一时期的体育活动,资料极为丰富。展品中有一件1969年山东济南无影山出土的西汉"乐舞百戏俑",其陶底盘上有表演百戏者、舞蹈者、奏乐者和旁观者,共计21人。其中表演倒立和柔术的4人,动作舒展,富有弹性而又平稳自如,显示了中国汉代体育表演的水平。蹴鞠是这一时期最为兴盛的活动之一,这在画像石、画像砖、肖形印等文物作品中均有反映,而较为盛行的击鼓、博戏、角抵等在展览中也有充分的体现。中国古代体育中某些项目的初步定型是在两晋、南北朝、隋唐五代时期,如马球、武艺、养生导引等。所展山的击球俑,形式多样,动作逼真,富有节奏,反映了这一项目在当时的兴盛。另外,展示的隋唐围棋盘等实物与图片,形象地反映了当时棋艺所达到的水平。

作为民间体育大发展的宋元时期,由于封建城市经济的繁荣,市民文化迅速勃兴,娱乐、体育活动进一步深入民间,相扑、游泳、竞渡、技巧、棋类等活动以及养生之道都更加普及,特别是表现蹴鞠活动的文献记载、文物等甚为丰富,如展出的"宋太祖蹴鞠图"、"蹴鞠纹铜镜"、"童子蹴鞠纹瓷枕"等,表现了中国古代体育的各种形式在这一时期的逐步完善。明清时期,由于受当时政治、经济的制约,中国古代体育经历了一个特殊的发展过程,以蹴鞠为代表的某些项目逐渐衰落。由于社会练武之风大盛,为民间武术在一定程度上的全面发展创造了条件,形成了一个较为完整的体系,出现了许多不同的流派,展品中瓷器上的武术招式图案、武术器械等形象地说明了这一点。

第二展厅,为中国近代体育展,主要表现了1840年鸦片战争到1949年中华人民共和国成立前中国体育发展的历程。近代厅展出实物有45件,资料虽不多,但有许多极为珍贵的历史图片、图示及文件档案,总计达二百多件(张),有些为世所罕见,如1904年出版的现存最早的体育专著《体育图说》、902年的中国足球队、参加1913年第一届远东运动会的中国体育代表团及1936年在柏林参加奥运会的中国第一个女子田径选手李森等等图片。值得一提的是,在本展厅中,中国现近代国际国内一些运动竞赛的各种纪念章、奖章、会徽,台湾地区著名学者吴文忠先生、李清濂先生、大陆学者王士林先生等捐赠的书签以及中华书局编审柴剑虹先生捐赠的其父亲获得的20世纪30年代的体育奖牌等,也展现在观众面前,为广大观众和史学工作者提供了重要的研究资料。中国近代体育是中国体育史上继承与发展的重要阶段,既保留有传统体育,又有西方传入的近代体育项目,二者在不断相互排斥与相互吸收中并存、发展,形成了中国特有的体育文化。整个近代厅,较为客观地介绍了近代体育的传入、学校体育的演变、精武体育会与传统体育、全国体育协进会与近代体育、华侨与近代体育、中国与远东运动会、中国与国际奥委会以及中国共产党领导的革命根据地和解放区的体育等,资料翔实,内容丰富,基本呈现出了近代中国中西体育文化交融发展的全貌。

第三、四展厅,以五百余件(套)实物和五百余幅照片,介绍了中华人民共和国成立后体育事业取得的辉煌成就,内容包括现代体育的各个方面。首先展现了中国共产党和政府对体育事业的高度重视和亲切关怀。从学校、城市、农村、部队、儿童、老年人体育以及体育先进县、行业体育几个方面展示了中国群众体育活动蓬勃发展的状况。这部分重点展现了在中国共产党领导下的中华健儿和体育工作者攀登世界高峰的业绩和征战国际体坛的足迹。其中有第一个夺得世界冠军的乒乓球运动员荣国团,为祖国在世界赛场上升起第一面五星红旗的游泳运动员吴传玉,第一个打破世界纪录的举重选手陈镜开,赢得23届奥运会第一枚金牌的射击运动员许海峰,14次获得世界冠军的体操王子李宁,荣获世界"五连冠"的中国女排,三十多年长盛不衰的中国乒乓球队等;中国运动员获得的部分世界三大赛的金杯、金牌以及他们使用过的体育器具等也展现在观众面前,人们可以从中领略到昔日体坛群雄的英姿,目睹今日体育健儿的风采。另外,中国在体育院校、体育科研、体育宣传出版和体育设施建设方面所取得的成就,推动社会主义精神文明和国际体育交往等内容在展览中也得到较好的体现。

第五展厅的奥林匹克展览,分为奥林匹克运动、中华人民共和国与奥林匹克运动和中国申办奥运会三个部分。在奥林匹克运动部分,展现了公元前776年—公元393年在希腊奥林匹亚持续了一千多年的古代奥林匹克运动会和从1894年国际奥委会建立至今,现代奥林匹克运动一百多年来的发展历程。时空跨越3,000年,将古奥运会的起源、演变、停止、现代奥林匹克运动复兴的历史都一一呈现。展览用图片的形式,重点描述了现代奥林匹克运动的历史与现状,介绍了历届奥运会的举办时间、主办地、历届国际奥委会主席和著名的国际奥委会委员以及一些著名的运动员等内容。在中国与奥林匹克运动部分,展示了中国人民对以促进和平与友谊为宗旨的奥林匹克运动的一贯支持,介绍了从1932年到1948年,中国运动员曾参加过3届奥运会的情景。那是中国国穷民弱的时代,中国选手毫无建树。1984年,中国重返奥林匹克舞台,在第23届奥运会上取得15枚金牌,开创了中国奥林匹克运动的新篇章,从此之后中国运动员在以后的奥运会中以优异的成绩,并在2000年悉尼第27届奥运会上夺得28枚金牌、16枚银牌、15枚铜牌,金牌和奖牌总数名列第三的好成绩,在世界体坛保持体坛大国的地位。这里还陈列着历届国际奥委会中的中国委员、取得奥林匹克勋章的人员名单、中国奥委会与国际奥委会和其他国家奥委会友好交往等等的图片和实物,有国际奥委会赠给伍绍祖、袁伟民的奥运百年纪念表、南非奥委会赠送给何振梁先生申办2004年奥运会的纪念物——囚禁过曼德拉先生的罗本岛上的石灰石、亚特兰大奥运会的纪念币等。中国运动员良好的运动成绩和竞赛作风,体现了中国人民不遗余力地发展奥林匹克运动的意志和决心以及奥林匹克运动在中国的方兴未艾。为了促进奥林匹克运动在中国的发展,在世界范围内弘扬奥林匹克精神,北京先后提出了申办2000年和2008年奥运会的申请,并获得了2008年第29届奥运会的主办权。中国奥委会主席袁伟民赠送的在第29届奥运会主办合同上的签字用笔、中国奥委会副主席于再清赠送的中国申办2008年奥委会代表团服装,以及申办报告等近千件申办物品,记录的正是这一过程。

第六展厅,用三百多幅照片、近五百件实物,展示了中华56个民族大家庭多彩多姿的传统体育活动。中华民族传统体育产生于广大人民群众日常的生产和娱乐,并随历史而嬗变发展,具有最广泛、最深厚的群众基础。中国是由56个民族组成的统一的多民族国家,在九百六十多万平方公里的辽阔国土上,由于自然环境的不同,生产、生活方式的差异,各民族的传统体育活动五彩缤纷,各呈异彩。有的激扬着北国雪域的情怀,有的散发着草原的芳香,有的带有高原的神奇,有的包藏有狭谷山地的奥秘,有的荡漾着南国水乡的欢畅……同近代、现代体育比较,民族传统体育都具有浓郁的地区特色和民族风格。在长期历史发展过程中,各民族形成了一些共同的体育运动项目,也产生了许多各具特色的传统活动。这些传统体育活动往往是各民族传统节日的重要组成部分,它们联系着本民族的历史,渗透着本民族的风土人物,几乎每一个项目都有引人入胜的传说,都是一曲动人的乐章。中华民族传统体育展览是按地理位置大体划分成东北、华北地区,西北地区,西南地区和中南、华东地区四个大单元,首次荟萃了中国56个民族的传统体育活动器械和用具。有蒙古族的"那达慕"和新疆地区赛马、射箭、叼羊、达瓦孜、沙哈尔地、姑娘追等传统体育项目的模型;反映华北平原民间体育花会的舞龙、中幡、高跷、旱船和风筝等;反映西南少数民族打陀螺、跳芦笙、爬花竿、打磨秋等典型用具以及民俗性强的跳鼓、铜鼓、飞棒等;另外,从黄土高原激昂壮阔的陕北腰鼓、惊险跌宕的皮筏竞渡,到傣族的腰刀、藏族的野牦牛标本等,全面反映出中华各民族传统体育活动的内容和形式。

除了基本陈列,在中央大厅还经常举办临时性展览。如先后举办的第11届亚运会体育集邮展览(共展出三十多个国家和地区的 207 部共 1374 个展框邮票,是亚洲最大的专题邮展)、弘扬北京亚运会精神巡展、开放的中国盼奥运展、奥林匹克运动百年展、奥林匹克世纪行、新中国体育成就展,并与国外同行携手举办了希腊奥林匹克体育档案展览等,均获很大的成功。

在举办展览的同时,中国体育博物馆利用文物资料的优势,发挥科研人员的积极性,进行体育历史和奥林匹克运动研究,在定期出版《体育文化导刊》(原《体育文史》)杂志和《中国体育年鉴》的同时,出版发行了大量的研究著作和普及读物。其中,《中华民族传统体育志》是首次对中华民族传统体育进行普查性研究的成果,收集传统体育项目数百项;《中国体育文化五千年》大型画册,图文并茂,印刷精美,以图片的形式全面展示了中华体育五千年的壮丽画卷;《中华人民共和国体育史(综合卷)》、《中华人民共和国体育史(地方卷)》、体育运动单项史等著作较系统、完整地反映了新中国建立以来体育事业的发展、前进以及各地各项体育事业的概貌。另外,由北京体育大学的任海教授、中国体育博物崔乐泉研究员任主、副主编、由博物馆众多科研人员参与编撰的《奥林匹克运动百科全书》,已成为奥林匹克研究人员的一部重要的参考书。

中国体育博物馆定期举行体育史学研讨会,先后组织了"石窟、寺庙、墓葬壁画与古代体育研讨会"、"民族传统体育研讨会"、"东方与西方体育研讨会"、"21 世纪中国体育研讨会"、"东北亚体育史学术研讨会"等专题学术活动,与北美、欧洲、日本、韩国以及中国香港、台湾等国家和地区的体育史学界、博物馆学界建立了联系,并加入了国际博物馆协会,加强了与国际文博界的交流与合作。中国体育博物馆还为广大运动员与观众提供了一个联系和交流的场所,博物馆经常邀请一些著名的运动员作嘉宾,直接和观众见面,增加了展览的真实感和亲切感。1994 年在庆祝奥林匹克运动百年之际,博物馆组织了系列活动,其中之一是请参加过奥委会的老运动员讲解参加奥运会的经历和为国争光的感受,激发了青少年的爱国热情,使他们深受鼓舞。1999 年在举办"中华人民共和国 50 年体育成就展"期间,著名运动员王军霞、许海峰、王义夫等都纷纷来参与讲解,加强了运动员与观众之间的联系。中国体育博物馆还不失时机地向青少年进行爱国主义和体育文化教育。鉴于中国体育博物馆在继承中国体育文化和传播奥林匹克文化方面的突出贡献,1992 年 5 月,北京市人民政府命名中国体育博物馆为"北京市青少年教育基地";同年,"中国体育展览"在北京市举办的首届"文物节"的展览中,被评为"优秀展览奖";1997 年 6 月被国家体委命名为"国家体委爱国主义教育基地"。

　近年来,中国体育博物馆陆续举办了很多专题展览和巡回展览。为了纪念新中国体育事业的奠基人、国家体委第一任主任贺龙元帅诞辰 100 周年,举办了"贺龙与体育"展。纪念毛泽东同志"发展体育运动 增强人民体质"题词发表 50 周年,在北京全国人民大会堂举办了"新中国体育成就展"。为纪念北京申奥成功一周年,分别在河南鹤壁市、江苏苏州市和上海浦东新区以及天津奥林匹克花园举办了"百年奥运 中华圆梦"、"奥林匹克运动与中国"、"新中国体育成就展"巡展、为纪念中国乒乓球队建队 50 周年展现中国乒坛光辉成就举办"银球耀五星——中国乒乓球队建队五十周年展览"。此外,还举办了"体育金杯耀华懋"、"奥林匹克世纪之行"、"辉煌的中国乒乓球运动"、"情系灾区同胞大型书画义卖会"、"光辉的历程 五十年成就展"、"奥运风采展"、"奥林匹克运动在中国"、"中国体育展"、"开放的中国盼奥运"、"新中国体育成就展"、"辉煌的五年——十四大以来经济建设和精神文明建设发展成就展"。中国体育博物馆还把展览办到了国外,1999年,中国体育博物馆在国际奥委会所在地瑞士洛桑奥林匹克博物馆举办的"中国体育5000年—艺术与传统展",为在世界范围内弘扬悠久而多彩的中国体育文化起到了积极作用。

开馆十几年来,中国体育博物馆已接待了一百多位国际奥委会委员、二十多位国际单项体育协会主席,中外宾客游客达一百多万人次。中国体育博物馆的前任馆长为谷丙夫、赵玉庭,现任馆长为前《中国体育报》主编、中国兵乓球协会副主席袁大任;前任副馆长为林厚儒、范汝强、杨浩生,现任副馆长为汪智、林淑英、高希生、朱国平。中国体育博物馆以其迷人的东方文化魅力吸引了中外来访者,以其特有的功能为中国体育事业的兴盛和先进文化的传播做出更加积极的贡献。

地　　址:China Sports Museum, A3. An Ding Road Bejing,100101(北京市朝阳区安定路甲3号,邮编:100101)

电　　话:0086 - 10 - 64912167

博物馆外景

馆徽

博物馆的展览一角

博物馆展示
的妇女蹴鞠图

博物馆展示
的唐代打马球壁画

国际奥委会运动员委员
会主席,著名撑杆跳高运
动员布勃卡参观中国体育展览

新加坡体育博物馆
(Singapore Sports Museum)

新加坡体育运动已有 145 年的历史。为了启发人们珍视体育事业的过去,使年轻一代更好地懂得它的现在和将来,新加坡体育理事会决定筹建体育博物馆。这项决定得到新加坡公众特别是新闻媒体的积极响应。新加坡《体育》杂志 1983 年第一期发表社论,呼吁公众为筹建中的博物馆捐赠实物资料。社论说具有历史、艺术、科学意义的各种体育实物,包括奥运会和非奥运会的、传统项目的和民间项目的实物,包括奖章、奖品、器材、纪念品、照片、书籍、档案和文件资料等都应放在博物馆展览。这不但可以引起人们对新加坡一些著名运动员的怀念,同时可供人们参观欣赏。更重要的是新加坡体育理事会将利用这些资料制作成幻灯片、电影和录像等多种形式,向公众进行新加坡体育传统的宣传教育。

1984 年国际奥委会主席萨马兰奇在新加坡参观访问期间,得知新加坡正在筹建体育博物馆,非常高兴,在他的帮助下,国际奥委会理事会向博物馆工程捐赠了 10000 美元。在新加坡体育理事会和国际奥委会的积极努力下,新加坡体育博物馆于 1983 年 5 月 27 日正式建成,并向公众开放。观众参观踊跃,半年内参观者就超过了 10000 人次。

在博物馆收藏和展示的文物有许多是珍品,如:新加坡著名羽毛球运动员在 50 年代的四次全英羽毛球比赛中获得单打冠军时使用的羽毛球;1940 年,新加坡著名拳击运动员使用的靴子;1950

年由新加坡人制作的金属羽毛球拍;1960 年罗马奥运会上,新加坡举重运动员获得的金牌;1929 年新加坡第一次举行男女篮球比赛的照片;日本奥委会赠予新加坡柔道运动员的日本奥林匹克旗帜;参加第二届亚洲运动会的新加坡水球队队员的游泳奖牌;还有许多著名运动员收藏的奖牌等等大量的实物。除此之外,博物馆非常注重体育档案、书籍等出版物的收藏,准备将体育档案馆和体育图书馆作为博物馆的重要组成部分。博物馆还将体育艺术品,特别是体育宣传画作为收藏的重点,目前奥运会的会标收藏已形成了完整的系列,是形象地展现奥林匹克运动的物质基础。新加坡体育博物馆不但吸引着国内观众,还向世界敞开大门,作为国际体育博物馆和名人堂协会的成员,博物馆已成为新加坡体育界连接世界的窗口。

地　　址: Singapore Sports Museum, Singapore Sports Council, National Stadium Kallang, 1439.（新加坡,新加坡城）

电　　话:3457111 ext. 640

传　　真:3409537 or 4409205

博物馆馆徽

贝宁奥林匹克博物馆
（Benin Olympic Museum）

贝宁共和国是非洲西部的古国,虽然人口不足 500 万,却由 46 个主要部族组成,是一个名副其实的多民族的国家。贝宁不但有丰富多彩的民族民间体育,而且是奥林匹克运动的积极拥护者,1988 年 3 月 12 日,在国际奥委会的大力支持下,贝宁国家奥委会建立了贝宁奥林匹克博物馆。

贝宁国家奥委会主席科多纳欧先生（Marius Francisco Cotonon）在开馆典礼上雄心勃勃地说,博物馆的宗旨就是为子孙后代,为贝宁人民,特别是为青年一代保护和弘扬贝宁体育的传统和精神,集中一切可能的力量发展体育事业。为筹建博物馆,为了这一振奋人心的承诺,贝宁国家奥委会做了长期而充足的准备工作。他们首先发动一场捐献运动,将保存在个人手中的一些体育文物集中起来展览,让大家共享荣誉;接着国家奥委会组织体育工作者、特别是那些老运动员写回忆文章、进行体育史研究;贝宁人对奥林匹克运动也有深刻的理解,他们认为奥林匹克运动不仅是体育比赛,它也是和文化艺术结合在一起的,他们以贝宁体育为主题,在儿童和成人间举办绘画、音乐、文学和雕塑比赛,以多种艺术形式表现贝宁的体育运动,其中部分优秀的作品被博物馆收藏并展出。在国家奥委会的努力下,博物馆的文物收藏已超过 1300 件,虽然博物馆的展出面积只有 144 平米,却基本反映出贝宁体育运动的全貌。

　　博物馆展出的内容也较丰富：在文物展区，主要展出的是来自各个国家奥委会、单项体育协会和体育组织与贝宁体育组织互换的纪念章、别针等物品。在图片展区，首先简单介绍古今奥运会发展历程，贝宁运动员参加奥运会的情况。博物馆还非常客观地展示体育训练、体育规则以及体育问题，特别是奥林匹克运动中出现过的暴力问题和服用违禁药物的问题，并向观众介绍世界不同地区开展奥林匹克运动的情况以及贝宁国家奥林匹克学院在本国开展奥林匹克教育的情景。在视听区域播放历届奥运会比赛精彩片断和一些球类、田径、体操等人们喜闻乐见体育项目的世界锦标赛和世界杯的镜头。在集邮展区，40多枚奥林匹克邮票和本国发行的体育邮票，不时闪现着运动员的身影，记载着一个个难忘的瞬间。在体育艺术展区，主要展出的是奥运会的海报以及贝宁艺术家创作的体育艺术作品。

　　贝宁作为世界上最不发达的国家之一，在奥运会上也没有创造突出的成绩，但通过贝宁奥林匹克博物馆，我们可以看到贝宁人热爱体育运动的传统和追随奥林匹克运动的决心。这在许多不发达的非洲国家中实属罕见和难能可贵。贝宁奥林匹克博物馆在非洲奥林匹克的发展中的确是一条亮丽的风景线。

　　开放时间：上午8：00—12：30；下午15：00—18：30。

　　地　　址：Musee Olympique Du Benin

　　电　　话：(229)30 04 61

　　传　　真：(229)30 28 73

　　查询地址：National Olynpic and sports Committec of Benin
　　　　　　　03BP2767 BT – Cotonou(贝宁国家奥委会和体委，波多诺伏)

　　电　　话：(229)380465

传　　真:(229)302873

电子信箱:minnoc@ intnet. bi

贝宁奥委会会徽

洛杉矶体育基金会博物馆
(Amateur Athletic Foundation Of Los Angeles)

美国洛杉矶体育基金会的全称为 Amateur Athletic Foundation Of Los Angeles,简称 AAF。AAF 可追溯到 1936 年,当时有位名叫保罗·汉莫斯(Paul Helms)的面包公司老板,专门为洛杉矶的运动员提供面包,进而成为体育运动的支持者,并以自己的名义成立了 Helms 体育基金会,为洛杉矶地区的运动员提供经济支持。由于长期参与体育运动,Helms 逐渐对收集体育文物发生了兴趣。1948 年,他在自己家里陈列展出了十几年来他所收集的运动衫、体育用品、奖品等体育文物,开办了美国最早的体育博物馆。起初参观的人很多,后来由于各体育博物馆、名人堂在美国大量涌现,再加上经济等其它原因,Helms 体育基金会渐渐难以为继,20 世纪70 年代初由市民集资的洛杉矶体育基金会接管,后来卖给了由第一州际银行建立的体育基金会。每次转让的一个重要条件是:所有体育文物不许丢失与拍卖,必须妥善保管好。第 23 届奥运会筹办期间,第一州际银行又将其捐献给奥运会组委会,成为洛杉矶奥运会组委会的办公所在地,尤伯罗斯就是在这里带领一班人创造奥运奇迹的。第 23 届洛杉矶奥运会后,改为洛杉矶业余体育基金会,并接管了该次奥运会的收入与资产,约 2.5 亿美元,其宗旨是保藏 1936 年以来保存下来的体育文物,弘扬体育文化;支持南加州地区青少年的体育运动,并向公众和体育工作者提供信息服务。现任国际奥委会副主席阿妮塔·德·弗朗茨(Anita De Frantz)曾任该基金会的主席。

基金会内的博物馆和图书馆合二为一。图书馆的大厅同时也是博物馆的展厅,约30平方米,不设固定陈列。所有展出的文物每隔3—4月更换一次。该馆的其他8000—12000件藏品则有专门的库房保管。该馆与其它博物馆一起依据国际、国内的重大体育赛事经常举办临时展览,如:奥林匹克运动的历史、洛杉矶业余运动员基金会成就展、美式橄榄球器材的演进、妇女篮球运动的历史、历届奥运会展、拳击运动的珍贵文物、美国的棒球运动、足球运动的历史等等。此外,该馆还免费为一切举办体育展览的城市或运动会提供展品。

该馆拥有体育图书60多万册、VCD光盘几千种和若干声像资料,是当今全美最大的体育图书资料中心。一位前苏联学者在撰写《苏联体育历史的见证》一书时,曾在该馆作过访问,从他的描述中,对图书馆的管理水平和服务质量可窥一斑:"在写该书的过程中,对苏联曲棍球的定位问题,我在加拿大出版的书籍中一直没有找到答案,在这里我不仅得到了回答,还另有收获,如收集到一些斯大林时代每年夏季在红场举行体育游行时的珍贵照片、1972年奥林匹克运动会篮球赛的比分以及1980年莫斯科奥运会俄、英文的材料。另外,该中心的设施和工作人员的素质与业务能力也是我所到过的图书馆中最好的。"这里还征订了几乎所有国家的一种或几种体育刊物,其中就有《中国体育(China Sports)》杂志。读者通过计算机可调出所需要的资料与图片,一些体育工作者和研究人员经常到此获取最新信息,如"跳高技术诊断"的VCD光盘深受教练员的欢迎,而"奥运史上的妇女"则更多地得到妇女和体育史研究者的青睐。有的光盘采用游戏的形式制作,更适合青少年的口味。尤为重要的是,在这里看书和查找资料都是免费的。

基金会设立的各种奖项,不但扩大了博物馆的收藏,而且加强了博物馆同国际体育间的交流与联系。比如:创建于1950年的世界最高荣誉奖,由国际体育组织的领导人从世界六个主要地区中推举或选出一名最杰出的运动员,并授予该奖。这六个主要地区包括:亚洲、非洲、欧洲、北美、大洋洲(澳州、新西兰)和墨西哥、中南美或加勒比海地区。授奖仪式在AAF举行,获奖者得到一个AAF的陀螺奖,而他们的名字将永远铭刻在世界最高荣誉奖的杯体上,在AAF的博物馆作永久性保存与陈列;创立于1940年南加州最佳运动员奖(年度),由南加州的体育组织选出该年度的最佳男、女运动员。其中,最佳女运动员的授奖仪式在"妇女体育日"举行,这是AAF继承下来的创立于1900年的又一项重要的体育社会活动;始于1937年的最佳中学生奖(年度),是美国体育历史上建立时间最长并从未中断过的体育奖项,由AAF和第一州际银行共同发起,获奖学生由体育新闻单位、校长和教练员共同选出,获奖者主要从事棒、垒球、橄榄球、篮球、排球等美国大众所喜爱的运动项目。该奖项属于普及性的,每年获奖的中学生达一千多人。

美国洛杉矶体育基金会不但为培养运动员和教练员、推动青少年体育的开展,通过博物馆和图书馆有效地继承了美国体育历史和传统,并为体育工作者提供实实在在的服务,在国际体育间产生了广泛的影响。

  地 址:Amateur Athletic Foundation Of Los Angeles
      2141 West Adams Boulevard Los Angeles,
      California 90018.(美国,洛杉矶)
  电 话:(213) 730 - 9600
  传 真:(213) 730 - 9637

因特网址:http://www.aafla.com

馆徽

宽敞的图书馆

Anita L. DeFrantz
President/Director

国际奥委会副主
席阿妮塔·德·
弗朗茨(Anita De Frantz)
曾任该基金会的主席

展览一角

国际美国黑人体育运动
名人堂和陈列馆
(International Afro-American
Sports Hall of Fame and Gallery)

名人堂是 1977 年由前任半职业棒球运动员埃尔姆·安德森（Elmer Anderson）和工会运动积极分子阿特·芬尼（Art Finney）联合创建的,地点在密歇根州的底特律。创建这个名人堂的目的是要保存从 19 世纪中期至 20 世纪 60 年代美国黑人体育运动取得的成就,并让人们了解这段历史。他们认为:这段令人鼓舞的历史正逐渐被人们遗忘,处在遗失的危险当中。

被选入名人堂的名人分别来自 10 个单项运动项目,其中包括了许多著名运动员,如拳击手乔·路易斯（Joe Louis）和斯纳格·雷·鲁滨逊（Sngar Ray Robinson）、羽毛球明星奥尔瑟·吉尔伯森（Althea Gilbson）、棒球明星杰基·鲁滨逊（Jachie Robinson）、奥林匹克田径运动金牌得主威尔马·鲁道夫（Wilma Rudolph）和篮球金牌得主多尔·宾（Daue Bing）。这里也有许多并不出名的运动员,虽然他们的运动成绩超过了从事相同项目的白人运动员,但种族歧视政策使他们无法参加比赛,从而失去了向世人展示才华的机会。

地滚球游戏的先驱者小 Lafayefle Allen 也是名人堂的名人之一,他曾资助过在美国地滚球游戏全国大赛中第一位夺得 300 分的黑人选手,还曾赞助过参加 1951 年在明尼苏达州举行的棒球联盟比赛的第一支黑人球队。在此之前,棒球联盟比赛的参赛选手全部都是白人。

　　名人堂在具有历史意义的旧韦尼县(Wayne Country)大楼有一个40英尺宽的门厅,这个不大的空间内的展览十分富于想象。有穿着旧式运动服的人体模型、旧的拳击器械、与真人一样大的穆罕默德·阿里的雕像(这尊雕像完全是由废旧的汽车减震器制成的)。此外,还有对受表彰者的颂词、奖章和纪念品。

　　开放时间:星期一至星期五,上午9:00—下午5:00。

　　门　　票:免费。

　　地　　址:Old Wayne County Building 600 Randolph De-
　　　　　　troit,Michigan 48226(美国,密歇根州,底特
　　　　　　律,伦道夫600号,旧韦尼县大楼,48226)

　　电　　话:3138388056

名人堂标志

美籍意大利人体育名人堂
（National Italian American Sports Hall of Fame）

这座名人堂在伊利诺伊州阿林顿高地（Arlington Heights Illinois），在全美国它还有 24 个分支机构。因为美籍意大利后裔中有如此之多的运动员，所以有足够的理由建立这样一所名人堂。

名人堂除了表彰那些优秀的意大利裔运动员外，还发放奖学金，促进那些需要消耗大量体能的运动项目发展，并对所有有意大利血统的年轻人进行鼓励。

在这座名人堂外，你首先看到的是一尊大型雕像，展现的是乔·迪马桥（Joe Dimagglo）在棒球赛场上的英姿。而在名人堂内，共有从 22 个项目中选出的一百二十多位运动员受到了表彰。在这里，每一个运动项目都有属于自己的独立展区。

在奥林匹克展区，突出介绍了奥林匹克历史上被授予勋章最多的美国人马特·拜昂迪（Martt Biondi）。他一共赢得了 11 块金牌，他想让年轻人看到这些金牌，并从中受到鼓励，而没有将它们放在银行的保险箱里藏起来。其他与奥运会有关的展品包括：获得 1980 年冬季奥运会冰球金牌的美国队队长迈克·伊土左穿过的冰鞋；布莱安·波依塔诺（Brian Boitano）参加 1988 年冬奥会花样滑冰比赛时穿过的仿鹿皮运动服；费尔和托尼·伊斯波西托的冰球球杆以及为美国赢得过女子体操金牌的玛丽·罗·雷顿（Marry Lou Retton）穿过的运动鞋和夹克衫。

其他的展品还包括：保龄球运动员卡门·塞尔维诺（Carmen

Salvino)用过的球和鞋;棒球播音员哈里·开雷的无线电耳机;摔跤运动员兰迪马科·曼·塞维奇出场时穿的饰有闪光片的斗篷;威利·莫斯柯尼的台球用品;骑师爱迪·阿卡罗的彩色赛马服、靴子和其他一些赛马装备;一辆900马力的浅黄色STP1号赛车,是马里奥·安德雷1970年参加"印第安纳波利斯500"汽车大赛时驾驶的,当时他名列第六。

　　第二展厅重点介绍了棒球运动。在这里你会看到棒球历史上著名的迪马桥兄弟用过的器材,还有连续三次获得美国棒球协会最优运动员(MVP)称号的约吉·贝拉戴过的接球手面罩,以及同样获得过三次最优运动员称号的罗伊·坎姆佩尼拉使用过的手套等。

　　在拳击运动展区,你能看到许多著名的美籍意大利拳击手的纪念品,意大利后裔们的顽强品质在这项运动中得到了很好的体现。这里有洛基·马西奥诺和威利·帕斯特拉诺的冠军金腰带,曼西尼穿的拳击服以及其他一些拳击手提供的纪念品。

　　在大多数展区中都装有录像设备。通过观看这些资料片,你会知道汉克·鲁塞迪(Hank Luisetti)如何创造了单手跳投(Jump Shut)技术,第一位赢得全胜的基因·塞拉泽恩(Gene Sarazen)怎样发明了障碍球棒(Sandwedge)。这里最受欢迎的录像片之一是一部介绍投球的影片——"击球与不击球"(Strikes and Spares),该片展示了安迪·怀瑞巴巴在赛场上巧妙的击球战术。

　　具备四分之一以上的意大利血统是被选入该名人堂的前提条件之一,但其他任何族裔的优秀运动员也必然会受到名人堂的激励和表彰。

　　　　开放时间:星期一至星期五,上午10:00—下午5:00;
　　　　　　　　星期六和星期天,上午11:00—下午4:00;

复活节、感恩节、圣诞节和新年不开放。

门　　票:成人 2 美元;老人和儿童 1 美元。

地　　址:2625 Clearbrook Drive Arlington Heights,Illinois
　　　　60005(美国,伊利诺伊州,阿林顿高地,明溪
　　　　道 2625,60005)

电　　话:7084373077 或 7084373157

传　　真:7084373078

名人堂标志

美籍犹太人体育运动名人堂
（Jewish American Sports Hall of Fame）

在 1995 年开放的这个新名人堂设在华盛顿特区（Washington D. C.）,对 22 位犹太裔美国运动员、教练、管理者、作家、广播员和运动队进行了表彰。

在美国犹太人博物馆内的展室中,每一个被吸收进来的名人都有一个陈列柜,这意味着每人有一个健身室。柜中摆放着与个人相关的工艺品,相片和文件,每个人的名字用徽章装饰在柜子的正前方。

该名人堂强调了美国体育运动的社会学意义,包括它在帮助犹太人从他们的聚居区和拳击台走向全国体育运动和参与国家俱乐部体育运动方面所起的作用。当然,其他少数民族也都走过或正在走着类似的道路。

正如博物馆馆长奥瑞·索尔迪斯（Ori Soltis）研究的那样,犹太人从纽约城东区、芝加哥的西区和其他城市走了出来,通过本尼·伦纳德（Benny Leonard）,莫克斯·罗森布鲁姆（Moxie Rosenbroom）,巴尼·罗斯（Barney Ross）和路易斯·基德·卡普兰（Louis"Kid"Kaplan）等人,在 20 世纪 20 年代和 30 年代占据了拳击界的支配地位。在 20 世纪 30 年代和 40 年代,他们在占丰流地位的"全国性娱乐"体育运动中取得了杰出的成就,如汉克·格林黑尔格（Hank Greenherg）棒球,锡德·勒克曼,马歇尔·戈德堡（Sid Luckman,Marshal Goldberg）足球和多尔夫·沙伊（Dolph Schayes）

篮球。在50年代和随后的几十年中,犹太人的生活从城市转向了乡村,犹太运动员开始在"国家俱乐部"体育运动中留下深远的影响。有些运动员的运动才华十分出众,例如:网球运动员迪克·萨维特(Dick Savitt)和詹丽·赫尔德曼(Jnlie Heldman)和游泳运动员马克·斯皮特(Mark Spits)的,他们在棒球和足球罗恩·米克斯(Ron Mix)方面的技术也处于领先地位。

开放时间:星期天至星期五,上午10:00—下午5:00;联邦节日和犹太节日不开放。

门　　票:按捐款额发放。

地　　址:B′nai B′rith Klutznick National Jewish Museum 1640 Rhode island Avenue NW,Washington,D. c. 20036(美国,华盛顿特区,罗得岛大街1640,B′nai B′rith Klutznick 国家犹太人博物馆,NW20036。)

电　　话:2028576583

名人堂标志

新英格兰体育博物馆
（The Sports Museum of New England）

这是一个包含了两座独立名人堂的综合博物馆,地点在马萨诸塞州堪布里奇（Cambridge Massachusetts）,它的建成是对六个州的热爱体育的人们的表彰。目前,这里已接待了来自世界各地的大批观众,举办过各种体育项目的比赛。

在名人堂内,值得关注的不仅有"布伦熊"（Bruins）,"塞尔迪克斯"（Celtics）,"爱国者"（Patriots）和"雷德·索克斯"（Red Sox）等职业球队,"波士顿马拉松"（Boston Marathon）,"哈佛—耶鲁"经典足球对抗赛、游泳、划船和滑雪比赛,而且还包括类似"烛形小柱滚木球"游戏这样的本地比赛项目。这种比赛使用的器械是形如大蜡烛的针状物和一种比垒球更大的球,它只是在从哈特福德（Hartford）至班哥（Bangor）这一人口密集区内流行,在此之外的地区就鲜为人知了。

博物馆有 20 个展区。这里受欢迎的展品是诸如"凤尾公园"（Fenway Park）中令人恐惧的"绿色怪兽",与著名拳击手洛基·马西亚诺（Rocky Marciano）,杰克·夏基（Jack Sherkey）,马维恩·海格勒（Marvin Hagler）及了不起的约翰·L·萨利文（John . L. Sulliven）有关的各种纪念品。

这里还有许多以各种形式展现的体坛风云人物,比如与真人大小相同的"不伦熊"队的球星波比·欧（Bobby Orr）,塞尔迪克斯队的了不起的拉瑞·伯德（Larry Bird）。这些都是用整块椴木雕刻而成的。在以雷德·索克斯队的已故主人名字命名的"扬基室"(Yankey Room)中藏有特德·威廉斯(Ted Willams)的肖像画。

　　该博物馆还有许多互动式展品,这类展品使观众可以亲身体验运动的魅力。比如,你可以坐上一具轮椅参加"波士顿马拉松"赛,计算机模拟系统会将你用的时间与残疾马拉松运动员鲍勃·霍尔的比赛成绩进行比较;你还可以通过触屏式录像设备测验自己的体育知识。给人印象最深的是一件名为接球手克莱门斯"(Catching Clements)的展品。虽然对绝大多数人来说,在现实生活中让罗杰·克莱门斯(Roger Clements)将球传给你的机率为零,但在这里,你却可以在听克莱门斯讲解投球技巧的同时,要求他把球传给你。这时你可以将手放在一只真正的接球手套中,然后看着球冲你飞来,并真正感觉到它所带来的强大冲击力。

　　此外,这里还有专门为盲人准备的一件特别展品,一组供人触摸的铜铸人手模型。它们是按鲍勃·科塞(Bob Cunsey)、摔跤"杀手"卡瓦尔斯基(Kowalski)和已故的雷奇·刘易斯(Reggie Lewis)等人的手制作的。

　　除日常展出的展品外,博物馆的阁楼和地下室中还藏有数以千计的纪念品。这些珍贵纪念物都是由体育迷,收藏家和名人家属捐赠的。其中既有曼纽特·波尔(Manute Bol)在布里奇伯特大学时穿过的大号热身运动服,次重量级职业拳击冠军托尼·德马克(Tony Demarco)用过的手套,也有康涅狄格州的保罗·纽曼(Paul Newman)驾驶过的 Nissan3002X 牌赛车。

　　　　开放时间:星期一至星期六,上午10:00—晚上9:30;
　　　　　　　　星期天,中午12:00—下午6:00。

　　门　　票:3岁以下儿童免费;老人和4—7岁儿童4.5美元;成人和8岁以上儿童6美元。

地　　址：Cambridge Side Galleria Mall 100 Cambridge
Side Place Cambridge, Massachusetts 02141
（美国,马萨诸塞州,堪布里奇,堪布里奇赛
德区,堪布里奇赛德加利亚商厦100号）

电　　话：61757 – sport

博物馆馆徽

亚拉巴马体育名人堂和博物馆
(Alabama Sports Hall of Fame and Museum)

客观地说,在谈到来自不同地区的天才男女运动员时,有些州确实比其他州更幸运一些。

亚拉巴马州就是一例。从这里走出过许多世界级的运动员,看看下面这一串闪光的名字,你就会对此深有感触。他们是:汉克·艾伦(Hank Aron),戴维·阿里逊(Daway Allison),蒙特·欧文(Monte Irwin),乔·路易斯(Joe Louis),威利·梅斯(Willie Mays),乔·纳玛斯(Joe Nameth),杰西·欧文斯(Jesse Owens),萨切尔·佩奇(Satchel Paige),肯·斯泰伯雷(Ken Stabler),巴特·斯达(Bart Star),基因·斯太林斯(Gene Stallings),唐·萨通(Don Sutton),哈里"帽子"沃尔克(Harry "the hat" Walker)和欧里·温(Early Wynn)。除了以上这些知名运动员,亚拉巴马州还出过许多虽不出名,但却在诸多项目中有过优异表现的运动健儿。

这个名人堂在亚拉巴马州伯明翰(Birmingham Alabama),是一栋极好的三层建筑,馆内有一个带天窗的圆形大厅,使得这里的采光效果十分突出。在展示手段方面,博物馆运用了许多新技术,有互动式录像、电子问答比赛仪等。

这里共有4000余件展品,其中包括许多模型,生动地再现了那些激动人心的比赛瞬间。在参观 件名为"梅尔·阿伦记者席"(Mel Allen Dressbox)的展品时,你可以和著名的纽约扬基式播音员的全身雕像坐在一起,通过头顶上方的电视屏幕,观看具有历史意义的比赛场面,同时收听阿伦的实况评论。另一个与实物同等大小的模型再现了汉克·艾伦在实现他第715次本垒打之前持棒站立的姿态。在一幅以一群奥林匹克运动员为背景的图画前,是一具杰西·欧文斯身体腾空的仿真模型,记录的是这位著名的田径运动选手在1936年柏林奥运会上赢得跳远比赛金牌时的那一历史瞬间。其他令人印象深刻的展品还有:肯尼"蛇"斯泰伯雷(Kenny The Snake Stabler)的希科克安全带(Hickok Belt Award),波·杰克逊和佩迪沙利文(Bo Jackson's and Pat Sullivan's)的奖品。而这里最新收藏的一件展品是纽约巨人队(New York Giants)在超级杯赛上赢得的沃特福德水晶奖品原件。

　　除展品外,名人堂还有许多艺术品。一尊由艺术家布拉德·莫托(Brad Morton)制作的雕塑,刻画的是一位正在比赛中的运动员。他好象一位棒球投球手,也好象一位正在投篮的篮球运动员,或者一位刚刚取得胜利的拳击手,但这些都不重要,重要的是作品所要表现的内涵。正如名人堂内的展览词中反复强调的一句话:"体育运动是南方文化中的重要方面,亚拉巴马体育运动名人堂和博物馆的展览柜窗就是展现我们个人成就的重要部分。"

　　开放时间:星期一至星期六,上午9:00—下午5:00;
　　　　　　　星期天,中午1:00—下午5:00。

　　门　　票:学生3美元;成人5美元;老人4美元。

　　地　　址:The Birmingham Jefferson Civic Center P. O.
　　　　　　　Box 10163 Birmingham,Alabama 35202-0163
　　　　　　　(美国,亚拉巴马州,伯明翰,伯明翰·杰弗
　　　　　　　逊市政中心,35202-0163,邮编:10163)

　　电　　话:2053236665

　　传　　真:2052522212

因特网址：http://www.alasports.org

名人堂标志

名人堂和博物馆的展览

名人堂和博物馆陈列的体育雕塑

名人堂外观

不列颠哥伦比亚体育名人堂和博物馆
（**British Columbia Sports Hall of Fame and Museum**）

　　这个令人愉快的新名人堂在温哥华市，隶属不列颠哥伦比亚省（Vancouver British Columbia），是为展现该地区体育发展历程而建立的。

　　名人堂分为 8 个展览室，按照从 19 世纪 90 年代到 20 世纪 90 年代的时间顺序介绍了这一地区的体育史。其中最引人注目的是那个表彰了已被吸收入名人堂的二百多位杰出运动员和运动队的冠军堂。他们来自大约 40 个运动项目，其中有射箭，体操，单打式墙网球，台球等。同时，这里收藏的照片和录像也充分展示了这些运动员取得的成就。

　　建造者厅对那些为发展本省体育事业做出过贡献的裁判员、教练员和管理人员进行了表彰。一个专门的展览室中陈列着大量机构内部的纪念品，还有一个名为"谋略人士的比赛"（Games People Play）的展览，这个名称是为向 B.C 体育队表示敬意的。

　　名人堂中还有两个永久性的陈列馆，分别用来纪念加拿大两位著名的体育英雄。一位是特瑞·福克斯（Terry Fox），他因癌症而失去了一条右腿，后来他决定跑步横跨加拿大，为癌症研究募集资金，这次活动被命名为"希望的马拉松"（Marathon of Hope）。最终，他因病情恶化而不得不终止了这项活动，但他的壮举却赢得了整个国家的尊重。另一位是里克·汉斯。他从 1987 年开始，用了两年时间，坐着轮椅周游了全世界，以自己的行动向世人证明，残疾人同样能取得令人瞩目的成就,同时也希望藉此唤醒残疾人积极向上的意识。你在参观时,可以通过录像、地图和这两人在各自的旅程中收集到的各种纪念品,来进一步了解那引人注目的艰难旅程。

除传统的展览模式外,名人堂还充分利用现代科技手段,为参观者提供了亲自参与运动的机会。在这里,你可以尝试跑步、投掷、攀登和划船等运动项目,甚至可以自带运动鞋来一试身手。为此,名人堂中专门开辟了一个特别区域,名为"参与陈列室"(Participation Gallery)。以下是你在这里可以参与的项目:

1、跑步。你可以进行14米的冲刺,然后对照时钟得出你所用的时间。这里曾记载的最短时间是1.95秒,现在,这一记录可能已被打破了。对于残疾人,可以让他(她)坐着轮椅进行测试,如果是婴儿,则可以爬过这段路程。

2、投掷。你可以拿一个球,足球、垒球或羽毛球都行,然后把它投到目标区内。电子仪器会记录下你的投掷速度。如果你击中了目标区,就能听到赛场上人群的喝彩声。

3、攀登。这实际上类似模拟攀岩。在一面不断向下滚动的墙壁上,你要努力找到各种可供手脚用力的地方,并在短时间内爬到一定的高度。

4、划船。在此你可以进行一场模拟比赛,对照时钟或另外两只划动着的船,奋力向前,去争取最后的胜利。

　　　　开放时间:星期二至星期天,上午10:00—下午5:00。

　　门　　票:2美元,5岁以下儿童免赏。

　　地　　址:Gate A. B. C. Place Stadium 777 Pacific Boulevard South Vancouver British Columbia V5B4Y8

　　　　　　(加拿大,不列颠哥伦比亚,温哥华,太平洋路

　　　　　　南777,普拉斯体育馆 A. B. C. 门,V5B4Y8)

电　　话:6046875520

传　　真:6046875510

博物馆馆徽

普莱西德湖冬季奥林匹克博物馆
(Lake Placid Winter Olympic Museum)

　　纽约的普莱西德湖(Lake Placid New York)之所以出名,多半要归功于她曾是 1932 年和 1980 年两届冬季奥运会的主办地。这里是美国东北部一个宁静的山间小镇,冬季从事冰雪运动的极佳场所,也是继圣莫里茨,因斯布鲁克之后第三个两次承办冬奥会的城市。

　　普莱西德湖被誉为"美国冬季运动的诞生地",这里的人们长期从事冰雪运动,为美国培养过大批冬季奥运选手。1924 年,正是来自普莱西德湖的查尔斯·尤德罗(Charles Jewtraw)在法国夏蒙尼(Chamonix)举办的第一届冬奥会上赢得了 500 米速滑金牌,这也是美国的第一枚冬季奥运金牌。

　　1932 年,另一位本地男孩儿——速度滑冰运动员杰克·西(Jack Shea)在家乡父老面前连夺两枚金牌,成为第一位赢得两项冠军的美国冬奥会选手。而到 1980 年,在有 37 个国家参加的第 13 届冬季奥运会上,美国选手再次创造了奇迹。埃里克·海登(Eric Heiden)是本次比赛的头号新闻人物,他一人囊括了男子 500 米,1000 米,1500 米,5000 米和 10000 米全部 5 个速滑项目的金牌,打破五项奥运会纪录和一项世界纪录,被誉为"冰上风暴"。另一项奇迹是由美国男子冰球队创造的。作为美国历史上最年轻的冰球队,他们在与强大的苏联队对抗的过程中,毫不气馁,顽强奋战,最终在比分三度落后的不利形势下以 4:3 反败为胜。消息传来,举国轰动,美国总统也亲自致电表示祝贺。在随后的比赛中,他们又战胜了芬兰队,赢得了冠军,从而打破了苏联自1964年以来垄断冰球冠军的局面。那一年也被称为是"冰上奇迹"(Miracle on Ice)之年。

这座博物馆有着丰富的收藏品,包括奖牌,运动服,滑雪板,冰鞋,吉祥物,摩托雪橇,冰球头盔及其他冬季运动设备,并有大量图片,照片和录像,基本上反映了两届冬奥会的辉煌。杰克·西不但捐出了自己的白色队服、奖牌、奖品和证书,还献出了他在1932年比赛时穿过的滑冰鞋。这里也有一些"外来"纪念品,例如挪威著名女子花样滑冰选手索吉亚·海妮(Sonja Henie)佩戴过的一只兔子脚饰物。在1932年冬奥会上,海妮以优美的舞姿倾倒了观众和评委,蝉联了女子花样滑冰冠军。

这里其他的展品还有冬季奥运会火炬、各参赛国的国旗、节目单、肩章和饰针。当然,还有一个与实物相同大小的罗尼(Roni)——1980年冬奥会的吉祥物——浣熊。

开放时间:感恩节至三月:

星期三至星期六,上午10:00—下午5:00;

星期日,中午12:00—下午4:00。

四月至阵亡将士纪念日:

星期一至星期四,上午10:00—下午5:00;

星期五至星期六,上午10:00—晚上8:00;

星期日,中午12:00—下午4:00。

劳工节至哥伦比亚纪念日:

星期一至星期四,上午10:00—下午5:00;

星期五至星期六,上午10:00—晚上6:00;

星期日,中午12:00—下午4:00。

　　　　哥伦比亚纪念日至感恩节：

　　　　周六上午10：00—下午5：00开放

门　　票：不足6岁者免费；6岁至12岁儿童1美元；成人3美元；老人2美元。

地　　址：Olympic Center, Main Street Lake Placid, New York 12964（美国，纽约，普莱西德湖，缅街，奥林匹克中心，12964）

电　　话：5185231622

传　　真：5185239275

因特网址：http://www.orda.org

博物馆馆徽

陈列的宣传画

展示的跳台滑雪
运动员空中飞翔的形象

博物馆内展出的跳台滑雪比赛图片

博物馆内展出的冬奥会速滑比赛图片

圣地亚哥冠军堂和体育博物馆
(San Diego Hall of Champions Sports Museum)

这个冠军堂在加利福尼亚州圣地亚哥(San Diego California)。虽然它只是一个纯粹地方性质的名人堂,但却是一个每年吸引着10万名左右参观者的大旅游点,是全美最受欢迎的体育博物馆之一。

这里受欢迎的原因主要有两个。首先,在这里受到表彰的当地运动员中有许多人是国家级的选手,比如特德·威廉斯(Teld Williams),阿齐·摩尔(Archie Moore)和海峡游泳运动员弗洛伦斯·查德威克(Florence Chadwick)等人。其次,圣地亚哥主要是一个服务性的城市,许多世界级的运动员都曾在此表演过,而他们也称圣地亚哥是自己的家。名人堂对他们,他们的教练,他们所取得的成绩都进行了宣传表彰,这一点也对本地居民和外来旅游者有着特殊的吸引力。

在这里,能看到1860年的棒球运动服、反映棒球球棒制作过程的展品、哈雷·戴维森那辆赢得过最多国家级荣誉的摩托车以及本地的高尔夫运动名人拥有的高尔夫球杆的收集品。关于圣地甘·特德·威廉斯的纪念品包括他赢得的两个最优运动员、一个三冠王的奖品,他18岁时代表圣地亚哥派德雷斯(San Diego Padres)联队比赛时拍的照片。反映水上运动的展品包括比尔·蒙瑟(Bill Muncey)参赛时用的水上飞机,查尔斯·H·伦兹(Charles. H. Lents)的冠军小划艇。有关赛马的展品,你可以看到职业赛马骑师威利·苏梅克(Willie Shoemaker)比赛时穿的彩色丝绸赛马服和靴子。此外,突出了残疾运动员取得的成就的几件全国性展品也在这里展出。

除展品外,博物馆的档案室还收藏有约2000名圣地亚哥运动员的档案、照片、录像和电影资料。

冠军堂是波尔堡公园(Balbao Park)建筑群中12个博物馆之一。其他博物馆还包括航空航天历史中心、摄影艺术博物馆和圣地亚哥艺术博物馆。同时,这里也是世界闻名的圣地亚哥动物园的所在地。这个建筑群也被称为美国西部的斯莱森研究所。

开放时间:白天,上午10:00—下午4:30;
　　　　　感恩节、圣诞节、新年不开放。

门　　票:6—17岁儿童1美元;成人3美元;老人和军人2美元。

地　　址:1649 EI Prado Ballboa Park San Diego, California 92101(美国,加利福尼亚州,圣地亚哥,波尔堡公园,埃尔普拉伦1649号,92101)

电　　话:6192342544

因特网址:http://www.sandiegosports.org

名人堂标志

名人堂外观

加拿大体育名人堂
（**Canada Sports Hall of Fame**）

加拿大可能称得上是全世界最热爱体育运动的国家了。几年前,一个联邦专门工作组的调查表明,全加拿大90%的人都对体育运动感兴趣。在这所位于安大略省多伦多市(Toronto Ontario)的名人堂里,你可以看到有关加拿大体育运动的方方面面。进入这里的名人都是在加拿大家喻户晓的体育英雄,你会看到他们的运动服,器材装备,获得的奖品、奖章以及描述他们取得的辉煌成就的报刊、杂志和影象资料。

这座名人堂是加拿大全国展览会(CNE)体育委员会前主席哈里·普莱斯(Harry Price)创建的。早在1947年,他就开始为筹建名人堂而集资,到1955年,名人堂终于建成。最初,这座名人堂没有属于自己的独立场所,它曾与哈基(Hockey)名人堂共同相处过10年之久。直到1967年,加拿大建国100周年之际,它终于拥有了属于自己的堂馆。

进入名人堂,你首先会看见那金黄色的光荣墙,上面刻有入堂名人的名字。电子大屏幕上在讲述有关他们的故事,提示你将展开一段怀旧的旅程,重温整个加拿大的体育史。

名人堂共分为八个展区,它们是:团体项目区,冬季体育区,水上运动区,全能运动员区,赛马区,实力和科学区,田径区以及生活方式体育区(Lifestyle Sports)。所有展区共包含了五十多项业余和专业的体育项目,每一个项目又都有自己的名人。

　　通过先进的计算机系统,你能看到任何一个展区指定项目中相关名人的生平,以及他们在赛场上参赛的实况录像。例如,在生活方式体育展区,你可以看到吉尔斯·维尔纳夫(Gills Ville-neuve)1978 年在蒙特利尔(Montreal)举行的加拿大大大奖赛上奋力夺取胜利的情景;在团体体育运动展区,你能重温托尼·盖布里尔(Tony Gabriel)在比赛最后瞬间持球触地得分的激动人心的场面,正是这次得分,使他赢得了"格雷杯"(Grey Cup)奖。

　　一件向马拉松运动员特瑞·福克斯(Terry Fox)表示敬意的礼品使人们经常能回忆起这位伟大的斗士。在因癌症失去一条腿之后,他决定跑步穿越加拿大,为癌症研究募集资金。这项活动被命名为"希望的马拉松"(Marathon of Hope)。1980 年 4 月,他开始长跑,到 9 月,他因癌细胞扩散到肺部而被迫放弃了原定计划。1981 年 7 月,福克斯因病去世,加拿大举国为之哀悼。他的壮举深深鼓舞了全国人民,名人堂授予他荣誉会员的资格。

　　除了名人的有关信息外,这里还有许多表明加拿大体育发展历程的展品,以及三千多件工艺品和大量纪念品。对于加拿大人来说,一谈到运动,就有谈不完的话题。

　　　　开放时间:每天,上午 10:00—下午 4:30;
　　　　　　　　每逢大节日闭馆。

　　门　　票:免费。

　　地　　址:Exhibition Place Toronto, Ontario M6K3C3(加拿大,安大略省,多伦多市,3C3 展览区,M6K3C3)

　　电　　话:4162606789

　　传　　真:4162609349

　　因特网址:http://www. inforamp. net

名人堂标志

加拿大奥林匹克名人堂
（Canada Olympic Hall of Fame）

名人堂设在 1988 年第 15 届冬奥会的举办地——加拿大艾尔伯达省卡尔加里（Calgary Alberta）的奥运公园。这里也是体育运动培训中心，公共滑雪场和旅游中心的所在地。名人堂有三个展厅，通过丰富多彩的展品再现了卡尔加里冬奥会的场景，讲述了冬季奥林匹克运动的历史，同时对在冬奥会上赢得过奖牌的加拿大运动员表达了敬意。

名人堂中的展品形式多样。在一张年表上，有每一位奖牌获得者的名字和照片；实物中有加拿大在 1964 年第 9 届冬奥会上使用过的有舵雪橇和滑雪板。在名人堂的演播厅中可以同时放映两部影片，一部是展现冬奥会的历史，另一部则突出性地描绘 1988 年冬奥会的场景。这里也有关于开幕式和闭幕式的展品、奖章、运动服和饰针。你还可以利用互动屏幕查阅任何一个比赛项目的比赛结果。

除了参观展品，你还能通过模拟装置体验一番运动的刺激。感受雪橇在蜿蜒曲折的滑道中高速前行的感觉，体会跳台滑雪的空中滋味。如果你还觉得不过瘾，那你也可以到奥林匹克公园区，乘坐仰卧滑行无舵雪橇，以获得更真实的感受。

开放时间：9 月至 5 月，每天，上午 10：00—下午 5：00；

5 月至 6 月，每天，上午 8：00—下午 5：00；

6 月至 9 月，每天，上午 8：00—晚上 9：00。

门　　票:成人 3.75 美元;儿童,学生和老人 2.7 美元。

地　　址:88 Canada Olympic Road SW,Calgary,Alberta,
　　　　　Canada T3B 5R5 (加拿大,艾尔伯达省,卡尔
　　　　　加里,T3B5R5,加拿大奥林匹克路西南 88 号,
　　　　　加拿大奥林匹克公园)。

电　　话:4032475 454

因特网址:http://www.coda.ab.ca

名人堂标志

名人堂的展览

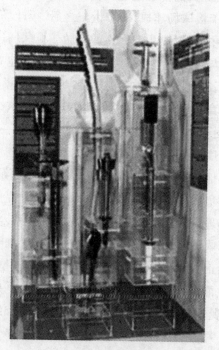

名人堂内的展品

澳大利亚体育艺术及奥林匹克博物馆

（Australian Gallery of Sport and Olympic Museum）

澳洲是一个多元文化的国度,体育活动不但历史悠久,而且多姿多彩。坐落在墨尔本板球场内的澳大利亚体育艺术及奥林匹克博物馆就是展示澳洲体育文化与艺术传统的一个专门场所。

板球是澳洲人的传统运动项目,早在 1838 年就成立了板球俱乐部,1853 年板球场建成,一个世纪之后,板球场作为 1956 年墨尔本奥运会主会场,成为澳洲人的骄傲。板球场还特别重视体育文化的收藏与传播工作,1967 年在俱乐部总部建立了澳大利亚体育艺术馆,后得到澳洲奥委会的支持,扩大了规模,1986 年更名为澳大利亚体育艺术与奥林匹克博物馆。目前,该馆拥有奥林匹克运动、澳洲足球（橄榄球）、板球运动三个展厅、一个艺术长廊、多个文物资料库房,馆藏涉及 20 多个体育项目。

同澳洲其他文化设施相似,博物馆的所有权归维多利亚政府,由板球俱乐部负责日常管理,政府和俱乐部共同提供经费。俱乐部聘请一名经理协调俱乐部与博物馆之间的关系,实行经理负责制。博物馆有收藏部、接待部、市场部以及商店、咖啡厅等几个部门,只有 17 名正式工作人员。虽然这是一个经营型的博物馆,但却嗅不到一丝商业气息。原来市场部的职责主要是进行观众调查,市场就是观众。比如,通过调查发现,墨尔本和维多利亚洲的观众喜欢在 7 月份来参观,尤以学生居多。因为,7 月正值学校放暑假,板球场安排各种文化体育活动;而其他洲和国外的观众喜欢在9、11两月来参观,以学生和观光客居多,因为,9和11两月是板球和橄榄球比赛季节。5月是博物馆的淡季。观众的满意程度依次为:值得付费参观、板球厅、橄榄球厅、奥林匹克厅、导游路线、商店和咖啡厅。博物馆依据调查反馈的信息有的放矢地制定工作计划,他们甚至把馆介散发到各大旅游景点和车站、飞机场的信息栏里,最大可能地吸引观众。一方面,他们将观众作为顾客迎接之,满足观众的各种需要,博物馆也从观众资源中获得丰厚的收益,仅门票收入每年就达60澳元(以年平均观众12万,门票5澳元计算),同时从出售体育用品、出版物、食品、饮料中获得可观的间接收入;另一方面,他们将观众作为学生教育之,因为博物馆观众与商业顾客有着明显的不同,商业顾客"永远都是对的",而观众进入博物馆则抱着教化的心情,博物馆提供高度的教育与文化展览来达到这一目的。这样的博物馆是一个"高雅的文化殿堂"、"学生的第二课堂"和"休闲娱乐场所",既获得了经济效益又提高了社会效益。

　　该馆的展览也是非常有特色的,内容重点突出澳洲民族传统体育项目和澳洲运动员在国际体育竞赛中的最高成就。在板球厅展示着自1838年板球俱乐部成立以来不同历史时期板球场的变化、运动员使用过的板球运动器材、设施等以及明星们创造的荣誉。特别是保存的从1874年起保持"守门员之王"达20年之久的澳洲板球运动员布兰克用过的手套、大约1745年60年代带有板球运动图案的瓷碗等或许是世界上最珍贵的板球运动的文物资料。在澳洲橄榄球厅,重点介绍橄榄球在澳洲产生发展的历史沿革,另外,专门开辟出一小型模拟球场,使观众在"参与"中感受到澳洲传统球类运动的乐趣,寓教于乐,非常吸引观众,特别是青少年儿童,场中不时传出欢声笑语,感染着每一位参观者。奥林匹克展厅则以澳洲运动员在历届奥运会上所取得的成就为主线来介绍奥林匹克运动的发展,以及澳洲运动员对奥林匹克运动的贡献。特别是1956年的墨尔本奥运会,是历届奥运会上澳洲运动员取得成绩最好的一届,而南半球首次奥运会的开幕式也是在板球场举行的。澳洲人将其作为民族的荣誉永载史册。

在筹备2000年悉尼奥运会期间,该馆组织实施的"澳大利亚人的体育展"是一个巡回全球的展览,也是2000年悉尼奥运会文化计划的重要组成部分。他们在北京的展出也非常成功。悉尼奥运会后,他们的展览又补充了新内容,使悉尼奥运会这一澳洲体育史上的华彩乐章永远留在人们的记忆之中。

地　　址:Australian Gallery of Sport and Olympic Museum
　　　　　P. O Box 175, East Melbourne, Vic, 3002 Australian(澳大利亚,墨尔本)

电　　话:(03) 9657 8879

传　　真:(03) 9654 1387

博物馆馆徽

博物馆的内部展览

著名澳洲原住民运动
员弗莱曼在她的展柜前

这里是青少年学生的好去处

国际游泳名人堂

（The International Swimming Hall of Fame）

早在肯尼迪航天中心（Kennedy Space Center）和迪斯尼乐园（Disney World）在佛罗里达州（Florida）落成之前，这里就以充足的阳光，美丽的海滩和四季开放的浴场吸引着大批旅游者。劳德代尔城堡（Ft. Lauderdale）海滩更被描写为"少女们的去处"。

城堡的卡西诺游泳池（Casino Pool）建于 20 世纪 20 年代，是佛罗里达州第一个符合奥林匹克运动标准的游泳池。自 1935 年以来，它一直供大学冬季训练使用。因此，劳德代尔城堡可以说是国际游泳名人堂的天然所在地。同时，它也是你可以找到的最繁忙、活跃的名人堂之一。

名人堂位于内陆水道上的一个风景秀美的地方，离劳德代尔海滩只有几步之遥。这座名人堂 1965 年首度对外开放，1988 年又耗资一千多万美元重新进行了翻修。它拥有两个 50 米（奥林匹克标准）的游泳池，一个跳水池，一个教学用的游泳池和一个游泳峡沟。这里既是一个世界级的游泳表演场所，同时也是未来的冠军们训练和参加游泳、跳水、水球和花样游泳比赛的场所。除了拥有最先进的训练比赛设施外，它还拥有一座博物馆和一个艺术陈列室。

博物馆收藏了大量展品，包括像约翰尼·威斯穆勒（Johnny Weissmuller）等名人的个人藏品；一些特殊运动领域，如长距离游泳或花样游泳，小丑跳水表演的展品；名人堂还重点收集竞技比赛的文物,如泛美运动会的展品;还有一些特别奥运会的展品和关于救生、卫生及安全方面的展品。这些展品包括奖杯,工艺品和纪念品,比如1972年奥运会上马克·斯匹兹(Mark Spits)用过的起跑器和依萨·威廉斯穿过的游泳衣以及大量记载着重要历史瞬间的老照片。

现代化的赫伊津赫(Huizinga)演播厅会放映各种老电影和纪录片。其中最受欢迎的有约翰尼·威斯穆勒主演的早期的泰山(Tarzan)电影和依萨·威廉斯主演的电影片段。最初的泰山电影广告使你仿佛又回到了20世纪30年代。

此外,艺术陈列室中还收藏了相当多的反映水上运动的艺术品。而图书馆和档案室则保存着大量珍本图书,磁带和录像。通过交互式计算机,你还能得到一些游泳冠军的相关资料。

这个规模庞大的游泳建筑群每年会承办许多不同级别的比赛。有国际的、全国性的,大企业集团的、基督教青年会(YMCA)的,大学的、中学的以及地方俱乐部的等等。1995年,为配合5月举行的一年一度的名人入堂仪式,在这里举行了阿拉莫邀请赛(Alamo Challenge),这是最大的全国性游泳比赛,共有四百多名优秀男女游泳选手参加了比赛。

在不举行运动会和其他事先安排好的比赛时,这里的游泳池会向公众开放。当然,如果你觉得游泳池过于拥挤,也可以到大海中去一试身手。

开放时间:一年365天,每天上午9:00—下午7:00。

门　　票:学生、老人、军人1美元;成人3美元;全家5美元。

地　　址:One Hall of Fame Drive Ft. Lauderdale,Florida 33376(美国,佛罗里达州,劳德代尔城堡,名人堂路1号,33376)

电　　话:3054626536

因特网址:http://www.ishof.org

名人堂标志

名人堂的陈列

名人堂外观

名人堂收藏的雕塑作品

美国联邦举重运动名人堂
(United States Federation Weightlifting Hall Of Fame)

宾夕法尼亚州的约克(York Pennsylvania)是约克巴贝尔公司(York Barbell Company)的所在地,由于这里是1964年举重竞赛的所在地,所以约克也叫"健美城"(Muscle town)。美国联邦举重运动名人堂就设在约克巴贝尔公司的地下。它专用于收藏有关奥林匹克举重、健美以及美国文化中被称之为"强势主义"的东西。有一句话很好地概括了这个名人堂的特点:"弱者可以领受到生活的乐趣,但只有强者才能进入这个名人堂。"

名人堂中的奥林匹克举重展区为每一位著名运动员设置了一块展板,上面有该运动员的详细资料及照片,并重点介绍了自1923年奥运会以来一些著名运动员所取得的突出成就和他们获得的奖品、奖章。

在另一个展区,你可以看到过去有关马戏团的大力士表演的介绍,这些表演包括折弯大棒、拗断马蹄铁和举起庞大的动物。现代的举重运动正是从当年这些大力士们的表演中发展演变而来的。一些著名的大力士实际用过的运动器具也被作为展品摆在了这里。此外,参观者还能看到为表彰美国举重运动所取得的优异成绩而授予的形状不同、大小样式各异的奖品。

在健美运动展区中,还专门介绍了女子健美运动的有关情况。那些有着强健肌肉的女子健美运动员的形象,常常令参观者惊叹不已。

这里还有一些十分有特色的展品,例如莫里斯"法国天使"特里特(Maurice "the French Angel" Tillet)的死人面具(death mask)以及"警察公报"(Poiice Gazette)奖给伍伦·林肯·特拉维斯(Warren Lincoln Travis)的一条粗大的 20 世纪初期的安全带。前者是一个职业摔跤运动员,头部特别大;后者则被誉为是"世界上最强的人"。

开放时间:星期一至星期六,上午 10:00—下午 3:00;节假日不开放。

门　　票:免费。

地　　址:York Barbell CO. 3300 Board Road York,Pennsylvania 17402(美国,宾夕法尼亚,约克,波德路 3300,约克巴贝尔公司,17402)

电　　话:7177676481

多向飞靶射击名人堂和博物馆
（**Trapshooting Hall of Fame and Museum**）

你也许赢得过几乎每一项射击比赛的荣誉、奖牌或冠军,但你必须要参加过这项运动 25 年以上,才具备成为多向飞靶射击名人堂成员的资格,这里没有一夜成名的名人。

这项运动对多数人来说可能是完全陌生的,那么就让我们先来看看它的基本情况。你站在一条线的后面,喊一声"拉",一个多向飞靶射击装置就会将一个黏土靶子送入空中,你必须迅速用手中的猎枪瞄准并射击,然后会有人记下你中靶或误靶的分数。这听起来十分简单,看起来也不难。但如果你想要获得对这项运动的真实感受,真正理解射击手们对这项古典运动的强烈情感,你就有必要来参观这座多向飞靶射击名人堂和与之相邻的博物馆。

这座名人堂位于俄亥俄州的汪达利亚（Vandalia Ohio）。这里藏有世界上最丰富的打靶运动纪念品和工艺品。

最有趣的展品之一是一种填满羽毛的玻璃球。在 1800 年黏土飞靶发明以前,人们一直使用这种活鸽子的替代品作为射击目标。展出的靶球中有几个是著名的安尼·奥克雷（Annie Oakley）未曾射中的目标,但这并未影响他在名人堂建成的第一年即成为入选的名人。在此展出的还有当选的名人和奥运会获胜者的私人枪支,其中就包括作曲家约翰·菲力普·苏珊（John Philip Sousa）自己订制的枪。博物馆中也展出了旧弹壳盒、弹壳,具有历史意义的纪念品、广告,早期的多向飞靶射击弹射器等。馆中的录像还会向你展现射手们在一些重大比赛中的参赛情况。

约翰·菲力普·苏珊在 1916 年帮助成立的业余多向飞靶射击协会(The Amateur Trapshooting Association)如今已有九万多名注册会员。他们每年 8 月会在汪达利亚聚会 7 到 8 天,参加自1924 年以来在这里举办的美国射击大赛(Grand America Towrment)。一次有 2000 人排成 2 英里的长龙,向总计 450 万个黏土目标进行射击。他们在争夺那令人向往的奖品:美国障碍大赛冠军奖(Grand America Handicap Championship)。

开放时间:星期一至星期五,上午 9:00—下午 4:00。

门　　票:除锦标大赛期间外,均为免费。

地　　址:601 West National Road Vandalia, Ohio 45377
　　　　　(美国,俄亥俄州,汪达利亚,601 号国家西部
　　　　　公路,45377)

电　　话:5138984638

因特网址:http://www.traphof.org

名人堂和博物馆馆徽

美国自行车运动名人堂
(The U. S. Bicycling Hall of Fame)

人们过去曾多次尝试创建自行车运动名人堂,但因各种原因均未成功。如今,这座名人堂终于在新泽西州的萨默维尔(Somerville New Jersey)建成了,而且其场馆位置正好在著名的萨默维尔巡回赛的起始线和终点线附近,这也表明它与自行车运动的密切联系。这项著名的赛事始于 1940 年,每年 5 月举行一次。

走进这个整修一新的博物馆,人们可以看到主办者精心收集来的各种自行车和各式各样的自行车手工制品。其中最有趣的一种就是 19 世纪末期的木轮自行车,它原是属于美籍非洲人马歇尔·泰勒的。泰勒在杰基·罗宾逊跨越"种族界限"前许多年就已经是这项当时美国最吸引观众的体育运动的冠军。那时他的年收入在 25000 美元至 35000 美元之间, 是当时工资最高的运动员之一。

但大多数美国人却从未听说过泰勒或馆中其他从事该项运动的英雄的名字。这与自行车赛比垒球赛更具吸引力的事实形成了鲜明对比,也正好说明了自行车名人堂的使命就是要加强对公众的宣传和教育。

馆内现藏有 41 位被征集人的奖章,他们都是 1987 年至 1995 年间入选的名人,其中还包括一位在名人堂世界中颇具声望的人——阿尔·古勒(Al Gouller)。1994 年,国际体育协会名人堂曾评选过当时还健在的年龄最大的体育界的名人,结果获选者是新泽西州春湖的阿尔·古勒。他是他那个时代举办的为期六天的自行车大赛的参赛者。他于 1995 年 4 月去世,享年 103 岁。

　　新泽西州当地的一家报纸在将本馆同一些大型的名人堂相比较时评论说,它仍"处在训练的车轮上"。但它现在正在一天天变大,正在变得更加完善,并会很快成为世界范围内自行车爱好者关注的焦点。

　　开放时间:星期一至星期五,上午 9:00—下午 4:00。

　　门　　票:免费。

. 地　　址:166 West Main Street Somerville, New Jersey 08876(美国,新泽西州,萨默维尔,西大街 166 号,08876)

　　电　　话:800BICYCLE 或 9087223620

　　传　　真:9087041494

名人堂标志

印第安纳篮球名人堂和博物馆
（**Indiana Basketball Hall of Fame Museum**）

美国印第安纳州（Indiana）纽卡斯尔市的克里斯勒中学（New Castle Chrysler High School）拥有世界上最大的中学体育馆,同时该地区还拥有世界上观看中学篮球比赛的最大的观众群。1990年的印第安纳州中学篮球决赛就是在这里举行的,当时有41046名观众到场观看了比赛。紧邻克里斯勒中学有一所大型建筑,即印第安纳篮球名人堂博物馆。

这个博物馆是专为在当地人生活中占据核心地位的篮球运动而建立的,里面藏有"山地人狂热"的最终证明。而"谷仓炉"这一术语也来自同一地区,它起源于 20 世纪前 10 年,当时的篮球比赛经常是在由大腹式取暖炉加热的通风式谷仓内举行的。这个术语充分体现了印第安纳州小镇和乡村地区人们对篮球运动的热爱。

这个名人堂代表了参加"山地人"篮球运动的男女运动员们以及一千多所中学的学生。查尔斯·泰勒（Charles Taylor）是被吸收入名人堂的人之一,他后来通过完善 Cowuerse Chuck Taylor 明星篮球鞋而最终引起了一场篮球运动的革命。此外,这里还吸收了奈里·伯德（Larry Bird）、奥斯卡·罗伯逊（Oscar Robertson）、波彼·赖德（Bobby Knight）以及约翰·仇登（John Wooden）等篮球运动史上的著名人物。为了让人们对印第安人在篮球运动的各个方面了解得更加详细,名人堂中展出的陈列品甚至还包括一部反映"山地人"从事此项运动的电影。这部影片是根据 1954 年战胜

Muncie Central 这一真实的事件改编的,而拍摄这部影片的体操馆就位于距此不远的莱特斯顿。

这个名人堂内部装有许多现代化的交互式设备。参观者既可以走进更衣室去聆听教练约翰·伍登带有鼓动性的讲演,也可以通过电视画面重温夺取州比赛冠军的壮观场面。此外,这里还有专门的展区用于展览各种庆典的吉祥物以及啦啦队的服饰及道具。

开放时间:星期二至星期六,上午 10:00—下午 5:00;

星期天,中午 12:00—下午 5:00;

感恩节、圣诞节、新年不开放。

门　　票:不足 5 岁者免费;5 岁至 12 岁的儿童 1 美元;

成人和 10 岁以上的孩子 3 美元。

地　　址:One Hall of Fame Court New Castle,Indiana

47362(美国,印第安纳州,纽卡斯尔,名人堂

大院 1 号,47362)

电　　话:3175291891

因特网址:http://www.HoopsHall.com

名人堂和博物馆外铺设的巨大的篮球形象地画

名人堂和博物馆馆徽

名人堂和博物馆内部一隅

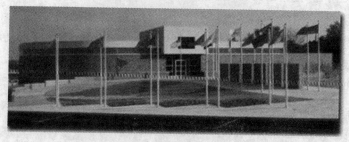

名人堂和博物馆外观

奈史密斯国际篮球
博物馆和名人堂
（Dr. James Naismith Naismith International
Basketball Museum and Hall of Fame）

奈史密斯国际篮球博物馆和名人堂位于加拿大安大略省阿蒙特（Almonte,Ontario）的一个占地 15 英亩的农场里。这里曾是篮球运动的奠基人詹姆斯·奈史密斯（James Naismith）博士的故居，奈史密斯博士就是在这里出生，并在这里度过了他童年的最美好的时光。现在，该博物馆属于奈史密斯博士篮球基金会所有，并受它的管理。

虽然，奈史密斯国际篮球博物馆和名人堂的收藏品正在日益增多，但目前的展品除了部分是奈史密斯博士在不同的历史时期使用过的用品、文具、体育器械等物品外，其他仍以反映奈史密斯博士的生平、理想和他所取得的成就的系列图片为主。博物馆的展览内容则主要反映了篮球运动在加拿大发展的历程，以及篮球运动创立一百多年来对世界体育所产生的深远影响。

此外，博物馆内设有加拿大篮球名人堂，每年举办许多与篮球运动有关的文化活动，其中以每年 10 月举行的名人入会仪式最为隆重。名人堂还同加拿大和美国等一些篮球俱乐部密切合作，经常举小国际比赛，推动篮球运动的开展和发展；名人堂还为观众提供优质的信息和资料服务，以此宣传篮球运动在加拿大的发展和取得的进步，赞颂加拿大人对篮球运动所做出的杰出贡献。

　　这里远离嘈杂的市区,清新的空气使人精神爽朗,自然环境与人文故居融合,体现着人杰地灵的美好寓意。络绎不绝的人们来到这里,享受着优美的自然风光,缅怀奈史密斯博士的丰功伟绩,赞颂他的创举,表达他们的敬仰之情。

　　地址: Dr. James Naismith Naismith International Basket-
　　　　　ball Museum and Hall of Fame p. O Box 1991 Al-
　　　　　monte, Ont. Canada Koa 1 Ao(加拿大,安大略
　　　　　省,阿蒙特)

　　电话和传真:(613)2560492

　　因特网址:http://www.hoophall.com

博物馆馆徽

奈史密斯博士

排球名人堂
(Volleyball Hall of Fame)

与篮球相同,排球同样起源于美国马萨诸塞州(Massachu-setts),该州霍利奥克城(Holyoke)基督教青年会的干事摩根(W. G. Morgan)在1895年发明了这项室内游戏。摩根的最初想法,是要发明一种能帮助人们,特别是妇女和老年人进行休息和锻炼的运动方式,于是,他用一个篮球胆和一张网球网发明了一个他称之为门诺奈特的运动项目。后来,斯普林菲尔德市立学院的特哈尔斯戴博士将其命名为volleyball,意为"空中飞球"。

今天,从世界范围来看,排球是一项仅次于足球的最受欢迎的团队运动。但最初在美国,它并不为人们所重视,直到1964年排球正式成为奥运会比赛项目以后,人们才开始关注它。到1984年,当美国男女排球队在洛杉矶奥运会上分获冠亚军之后,排球才真正引起人们对它的关注。

1995年,在排球运动诞生100周年之际,一座属于排球的纪念馆——排球名人堂也在它的诞生地正式建成了。

该馆坐落于有着悠久历史的州立公园的希尔顿(Sheldon)大楼的二层。整个博物馆全方位地展示了排球运动的发展历程。展区内有一个荣誉展览室,里面陈列着从事该项运动的伟大的运动员、球队和相关组织的各种具有历史意义的纪念物。而在主陈列室内,最引人注目的一件展品应该就是弗洛·海曼纪念浮雕(Flo Hyman Memorial Sculpture),1986年,这位排球运动的超级明星在她职业生涯的鼎盛时期不幸因病去世。

而自 1995 年起,人们就计划对名人堂加以扩建,使之成为一个集训练比赛与参观游览于一身的综合场所。它将包括 12 块排球场地(6 个室内的和 6 个室外的)和一个总面积 25000 平方英尺的高度互动的陈列大厅。

目前,排球名人堂正在扩建当中,但它只是属于一个更大建筑群的一部分,其功能主要是为了吸引排球运动员和排球迷们来此参与活动。而这个更大的占地达 8 英亩的建筑群则为我们提供了一些更具吸引力的东西。这里包括一个儿童博物馆、工艺中心以及一条能够运行 20 世纪 20 年代的客运列车的传统铁路。这种列车将在夏季运行,它可以为游客提供一小时的城区观光。如果愿意,观众还可以进行徒步游览,以便能更好地欣赏被称为美国第一工业城市的霍利奥克的景致。

位居所有展品中间的是游客中心。这是一座像铁路上的圆形机车式的大楼,内有反映当地历史的展品。展品特别注意到霍利奥克作为造纸中心的重要性。在儿童博物馆中,一些小伙子在实地演示造纸的过程。

在这个都市州立公园中最引人注目的展品是旋转木马。它是 1928 年由费城轻便滑撬公司制造的,上面有 48 匹木马、两辆比赛马车和一个管乐队用的风琴。

2002 年 10 月,前中国国家女排名将郎平以全票正式入选排球名人堂,成为亚洲排球运动员中获此殊荣的第一人。评委会在介绍郎平的材料中,特别提到了"铁榔头"的称号,并认为郎平是中国女排在 20 世纪 80 年代崛起于世界排坛的"驱动力"。

开放时间:星期二至星期五,上午10:00—下午5:00;
　　　　　星期六和星期天,中午12:00—下午5:00。

门　　票:免费。

地　　址:444 Dwight Street Holyoke,Massachusetts 01041
　　　　　(美国,马萨诸塞州,霍利奥克,德怀特街444,
　　　　　01041)

因特网址:http://www.volleyhall.org

名人堂标志

国际足球名人堂
(**The International Football Hall of Fame**)

这个名人堂中最早入选的 25 位足球名人产生自 1997 年。在那一年的 9、10 月间,国际足球名人堂组委会共收到来自全世界 110 个国家的五十多万球迷寄来的选票。除得票数排名前 5 位的人直接当选外,名人堂组委会又从剩下的人中选出了 60 位候选人,经由 32 个国家的足球记者投票,最终确定了余下的 20 位人选。在这份名单中,球迷们能看到许多熟悉的名字,比如范·巴斯滕(van basten),贝肯鲍尔(Beckenbauer),克鲁伊夫(Cruyff),普拉蒂尼(Platini),济科(Zico),鲍比·查尔顿(Bobby Charlton),列夫·雅辛(Lev Yashin),迪诺·佐夫(Dino Zoff)等等。这份名单最初被公布出来时,还曾引起了一场激烈的争论,新闻媒体也参与了进来,使得争论持续了数月之久。如今,名人堂早已在曼彻斯特(Manchester)落成开放,向世人展示了一个丰富多彩的足球世界,并将每一位参观者和这项令人兴奋的运动紧紧联系在了一起。

在国际足球名人堂(IFHOF)中,作为不同时期足球运动发展代表的足球名人们永远都是人们关注的焦点。正如这里的主管阿什利·赛德卫(Ashley Sidaway)所说的:"足球运动永不会衰落的一个重要表现在于,看台上忠实的球迷们始终都在关心和支持着赛场上奋力拼搏的运动员。无论是在冰雪覆盖的 12 月的伍尔弗汉普顿(Wolverhampton,英格兰中西部城市),还是在炎热的 7 月的巴黎(Paris),这份专注与忠诚都永远存在。"反映这种默契关系的展示被放在名人堂的显著位置。

　　这座名人堂在表彰那些对足球运动产生过深远影响的著名运动员的同时，还向人们宣扬足球运动的精神，展示它为人们带来的乐趣。这所综合建筑除了是一座充满艺术特征的博物馆外，同时还兼具电影会堂、互动娱乐中心和训练场所的功能。总之，这片巨大的场地会使每一位前来参观的人流连忘返。

　　在名人展厅中，一个巨型地球仪十分引人注目。旋转着的球体上布满了图片，向人们展示着足球赛场上那些伟大的瞬间。支撑地球仪的青铜扶手上，则刻着入选名人堂的英雄们的名字。这间展厅的中央，是一个单独的陈列区，专门用于展览足坛大事记。在此，参观者还可以借助计算机系统的帮助，观看他们所选择的运动员的录像资料。

　　一扇老式的十字转门被安装在"希望与荣誉之路"的入口处，这种怀旧的建筑风格和它所营造的浓浓的氛围使人倍感亲切。从入口处进来，是一条长长的通道，两侧陈列的展品反映了足球发展的历史。漫步其间，一股兴奋之情油然而生，就像是在比赛日步行前往赛场的感觉。靠近这条通道的尽头，摆放着露天赛场风格的座椅和一面电子大屏幕，参观者可以坐在这里一边休息，一边尽情欣赏足球比赛的精彩画面。此外，通过触摸式电子显示屏，人们还可以获得有关足球风俗的知识，在穿过一道主题拱门之后，更可以详细了解足球训练比赛的装备情况，各俱乐部的运作情况以及各项比赛的历史，为使自己将来成为一个足球经济的管理者打好基础。

　　除展览陈列外，名人堂中还有各种丰富多彩的足球互动游戏。你可以坐进一个球形容器，在一条轨道上高速运行，藉此休会一番足球在空中高速运行的感受。这时你的心会狂跳，仿佛就要"脱口而出"。如果你想感受一下赛场气氛，可以进入一个360度全景仿真场所，来到这里，你就好像进入了正在举行比赛的温布利

（Wembley）或汉普顿（Hampden）球场,十足的现场感将紧紧包围着你。在点球游戏区,参观者可以通过主罚点球获得和自己喜爱的守门员接触的机会,而主罚任意球时,就要看你的脚法有多精确了。在"挑战室"区域,球迷们可以测试自己的控球技术,一条障碍通道能测试你是否可以带球顺利避开对方防守队员的阻截。另外,每一个认为自己能比约翰·莫特森（John Motson）做得更好的人,都可以到一件模拟电视演播室里进行一番现场评球,过一把足球解说的瘾。

世界上任何一个球员都可以被推荐进入名人堂,条件是他必须已经正式退出足坛 3 年以上,并曾为他所在的国家获得过至少一项荣誉。

地址:The International Football hall of Fame 97 – 99 Dean Street,London W1V 5RA.（英国,伦敦）

网址：http://www.IFHOF.com or www.THEPA.com

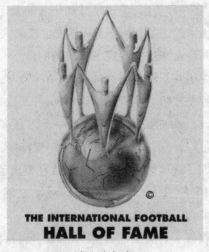

名人堂标志

美国国家英式足球名人堂
(The National Soccer Hall of Fame)

英式足球是当今世界上最受欢迎、观众数量最多的体育运动，它在美国也有着悠久的历史。早在 1869 年，普林斯顿（Princeton）大学和拉特利乔（Rutledger）大学队之间就进行了第一次大学校际英式足球赛，这被认为是美国大学橄榄球运动诞生的标志，因为从那次比赛后，逐渐发展演变出了美国的橄榄球运动。到 1874 年哈佛（Harvard）和麦克吉尔（Macgill）比赛时，已经开始使用橄榄球规则（Rugby Rules），这些规则考虑到了带球跑和擒抱。从这时开始，英式足球运动得到快速发展。

尽管如此，在今日美国，英式足球却是看的人比玩的人多。与这种文化传统相适应的是，美国国家英式足球名人堂也是为那些喜欢这项运动并经常来这里参观的人准备的。

名人堂设在纽约州温昂塔（Oneonta, New York），这里是英式足球运动的老牌劲旅哈特威克大学队（Hartwick College）和温昂塔州立队（Oneonta Sfate）的故乡。当地有一千四百多男女青少年参加了青年英式足球计划。有报道说，在 7 个温昂塔人中就有 1 人不同程度地参加了这项运动。所以这个镇和英式足球运动的关系就像附近的库佰镇（Coperstown）与垒球运动之间的关系一样密切。

名人堂内收藏了各类工艺品、礼品和比赛时穿的运动服，包括保存相当完好的大约 1863 年时的"美国已知最老的英式足球"，

有关美国第一隔音式足球俱乐部奠基人格里特·史密斯·米勒
（Gerritt Smith Milles）的展品，一些关于 1994 年世界杯赛和 1995
年在瑞典斯德哥尔摩举行的女子世界冠军赛的展品。此外还有精
彩的影片，在这里参观者可以观看重大比赛的录像。这里还反复
向观众讲述一些小故事，比如一个用人的头骨作英式足球的故事，
一条叫皮克里斯（Pickles）的狗如何使被盗的世界杯失而复得的故
事。通过参观，人们会知道英式足球是第一届雅典奥林匹克运动
会的团队运动项目。

这里不仅是一个博物馆，而且也是供各类初学者进行英式足
球训练和比赛的活动中心；同时，它还是国家英式足球图书馆
（National Soccer Library）和国家英式足球档案馆（National Soccer）
的所在地，也是 1994 年世界杯档案的陈列室。它负责资助全国英
式足球运动专题讨论会的召开，努力促进各种英式足球运动的交
流。

这个博物馆目前仍设在温昂塔商业区的一个单层建筑物内，
但将很快迁入郊外一所大学校园之内。国家英式足球名人堂的第
二个场馆于 1989 年举行落成典礼，但直到 1999 年才算彻底竣工，
它将成为占地 61 英亩的来特英式足球名人堂（Wright Soccer Hall
of Fame）的最吸引人的景观之一。新的博物馆被包含在一个建筑
群中，面积 27000 平方英尺。这个建筑群中除了现在的四个体育
场外，还包括一个可容纳 10000 名观众的体育馆。

整个来特国家英式足球园，预算造价为 3000 万美元，它被认
为是一个与世界上任何其他建筑物设施不同的体育/博物馆建筑
群。纽约州已经承诺要拿出 450 万美元，以帮助它成为一个引人
注目的旅游景区。为了募集所需要的资金，名人堂专门成立了一
个委员会，其成员不但包括了前国务卿、诺贝尔和平奖得主亨利·

基辛格博士(Dr. Henry Kissenger),前棒球联盟总干事彼得·尤伯罗斯(Peter Ueberroth),而且还有许多著名实业家。当这一切成为现实后,现在的这个小博物馆将成为每年吸引上万名参观者的著名旅游地。

开放时间:7月—9月15日,每天上午9:00—晚上7:00;
　　　　　9月16日—5月,周一至周四,上午10:00—
　　　　　晚上7:00;星期日,中午12:00—下午5:00。

门　　票:5岁以下儿童免费;5—15岁儿童2美元;成人
　　　　　4美元。

地　　址:5 - 11 Ford Avenue Oneonta, New York 13820
　　　　　(美国,纽约,温昂塔福特大道5—11,13820)

电　　话:(607)432 - 3351

电　　传:(607)432 - 4829

因特网址:http://www.soccerhall.org

名人堂标志

名人堂外观

长曲棍球运动名人堂和博物馆
（The Lacrosse Hall of Fame and Museum）

长曲棍球运动是北美最早的团队运动项目,起源于北美印第安人的一种名为"Baggateway"的比赛,因为他们手中的球棍十分像主教们用的"权杖"（Crosier）,所以也常常被人称为"创世主的运动"。早在 1929 年,《文学文摘》就曾把长曲棍球运动描写为"那些欣赏速度、兴奋、敏锐竞赛、密集的碰撞、勇敢和精确、耐力和按规则进行比赛的人的游戏"。今天,这项运动是北美发展最快的运动项目之一。

长曲棍球运动名人堂和博物馆位于马里兰州巴尔的摩（Baltimore Maryland）的一幢大楼内,这里同时也是长曲棍球基金会总部所在地。由美术家加德·哈特曼（Judd Hartman）制作的与实物相同大小的两个易洛魁长曲棍球运动员的雕像耸立在这座大楼的入口处,是"献给许多年前易洛魁人和其他本地美国人的"。

进入博物馆,你会看到有关这项运动的一些重要事件的时刻年表。在《长曲棍球运动的故事》一书中,记载了这项运动的历史:"当阿勃内·道布尔戴（Abner Doubleday）把棒球规则制定为这项全国性运动的统一规则时,长曲棍球运动已存在数百年了。当长曲棍球运动员詹姆斯·奈史密斯博士于 1891 年在（马萨诸塞）斯普林菲尔德学院的一根柱子上悬挂起一个桃篮时,安排有序的俱乐部和学院长曲棍球队早已将印第安人的 Baggateway……变成了一项严格的有章可依的周末运动。"这段记录和博物馆中的藏品说明了长曲棍球运动已有 350 多年的历史。

博物馆中的展品包括珍贵的照片和纪念品、老式的设备和运动服、雕像和礼品、现代运动员的大幅壁画，以及社会名流和团体赠送的纪念品和数以千计的工艺品。此外，每年还会有新的展品不断补充进来。

通过参观你会了解到：这项运动有多种多样的形式，有野外长曲棍球、非接触性"相互长曲棍球"和室内（包厢）长曲棍球。1908年它第一次成为伦敦奥林匹克运动会的加赛项目，英格兰的罗萨贝尔·辛克莱（Rosabelle Sinclair）在 1926 年把女子长曲棍球运动介绍到了美国，但直到 20 世纪 40 年代男女长曲棍球运动的规则基本还是相同的。今天，这项运动不仅在美国、加拿大得到普遍开展，同时也在许多欧洲国家得到普及。

博物馆中的交互式电脑可以帮助你查阅名人堂中名人的背景资料和历史档案，并介绍了大学生体育协会（NCAA）的重要历史事件。从事这项运动的著名运动员和捐助人在每年一度的入堂仪式上都会得到表彰。

长曲棍球运动拥有许多优秀运动员。球迷们坚持认为该项目是"最快的两脚运动"。目前，全美国共有二十五万多人从事这项运动，分布在各俱乐部，大、中学校和青年联盟。在过去 10 年中，中学和青年联盟的球队数量增加了 40%，大学和俱乐部队的数量增加了 55%。这些球队中 80% 的运动员年龄在 17 岁左右，他们为这项运动注入了无穷的活力，使该项目的前景充满光明。

　　　　开放时间：6 月至 2 月，星期一至星期五，上午 9：00—下午 5：00；

　　　　3 月至 5 月，星期一至星期五，上午 9：00—下午 5：00，

　　　　　星期六,上午10:00—下午3:00。

门　　票:学生1美元;成人2美元。

地　　址:113 West University Parkway Baltimore, Mary-
　　　　land 21210 – 3300(美国,马里兰州,巴尔的
　　　　摩,大学公路西113号,21210 – 3300)

电　　话:4102356882

电　　传:4103366735

因特网址:http://www. lacrosse. org

名人堂和博物馆标志

名人堂和博物馆内部陈列

名人堂和博物馆内部陈列

名人堂和博物馆展览一角

黑人联盟棒球博物馆
（Negro Leagues Baseball Museum）

在美国,几乎每一个棒球迷都记得 1947 年 4 月 11 日,杰克—罗伯逊代表布兰茨—罗克队在同布鲁克斯—当革斯队比赛时突破最后一垒时的精彩场面,以及他们精神抖擞地出场时的情景。但是,近些年来,那些晚于黑人联盟成长起来的年轻人就很少知道那些造就了杰克—罗伯逊、马特爱温、萨彻尔塔基和其他一些著名的黑人棒球运动员的黑人联盟辉煌的历史了。然而,在堪萨斯城的黑人联盟棒球博物馆里,您可以随着展览追寻这些著名黑人棒球运动员们的足迹,与他们共享痛苦与欢乐。

黑人联盟棒球博物馆建于 1920 年,坐落在堪萨斯城郊外森林地带的文化区。在美国南北战争后的最初几年,黑人联盟迅速发展起来,组织了许多有影响的比赛,比如:世界系列赛、全明星赛、对抗赛和满场赛等。黑人联盟发现并造就了许多天才球员和功勋卓越的球队,有些甚至被人视为英雄和崇拜的偶像。堪萨斯城的君主队就是最优秀的球队之一,杰克—罗伯逊就是在该队开始他的运动生涯的。到目前为止,共有 2600 名球员曾在黑人联盟的各个球队打过球,但在世的队员约有 200 人。

博物馆继承了黑人联盟的光荣使命,发扬成员们爱好棒球运动的一贯传统,并使其继续对美国社会产生深远的影响。博物馆通过展示图片资料和其它纪念物品以及播放录音带和录像带等方式,使观众深切感受到 20 世纪 20—30 年代黑人联盟达到事业顶峰时的难忘岁月,那些效力于各个球队的队员们以及他们成长过程中的每一段经历也都栩栩如生地展现在人们的面前。

博物馆建立之初就已收藏了许多著名棒球运动员使用过的手套、球、运动服和其它器材用具,其中,最有价值的是一尊青铜雕塑"击球手",它塑造的是著名的被人称为"约翰雄鹿"的棒球运动员欧乃奥一双握着球棒正在击球的手,作品被固定在一个圆形的底盘上。"约翰雄鹿"出生在佛罗里达,在堪萨斯密苏里长大成人。1938年开始效力于黑人国家联盟的堪萨斯君主队,打一垒。1955年后成为该队的主管,他曾在1942年率领君主队在黑人联盟世界系列赛中打败了著名的灰色田园队,夺得冠军。1956年,他受聘于芝加哥俱乐部队,1962年,他成为青年联盟的第一位黑人教练。人们认为欧乃奥是大众传媒中真正的棒球明星。欧乃奥现为黑人联盟棒球博物馆的主席,他认为他生命中最重要的一项使命就是保护非洲—美国人棒球运动的历史,在这个过程中他自己的故事也得以流传。博物馆也给予美国最优秀的投球手佩格以很高的荣誉地位,1948年进入克里夫兰印第安青年联盟棒球队之前,他一直为黑人联盟的堪萨斯君主队效力。

在这里,观众们得到了一次同黑人联盟棒球队员们一起体验成功与失败的机会,许多人被他们的事迹感动得热泪盈眶。正如博物馆的创建者所说的:"来吧,朋友们,与我们一起畅游历史,同著名棒球运动员共享欢乐,即使是痛苦也是甜蜜的。他们的故事将打动你的心扉,振奋你的精神,激励你的进步。"

　　　　开放时间:周二至周六:上午10:00—下午4:30;

　　　　　　　　周日:中午12:00 下午4:30。

　　门　　票:成人5美元;5—12岁儿童1美元;5岁以下免费。

地　址:Negro Leagues Baseball Museum 1601 East 18th
　　　Street Kansas City, Missouri 64108 – 1646（美
　　　国,堪萨斯城）

电　话:(816)221 – 1920

传　真:(816)221 – 8424

博物馆馆徽

博物馆内展示的棒球场地全貌

博物馆的展览

日本棒球名人堂和博物馆
(The Baseball Hall of Fame and Museum)

1959 年,日本棒球名人堂和博物馆在东京建立。经过四十多年的发展,现已成为日本规模最大的体育博物馆。该馆分 7 部分,利用声、光、电等现代化的展示手段,将日本棒球的历史与现状生动活泼地呈现在观众面前。

展览第一部分为棒球的历史。棒球源于英国的一项圆形场地游戏(rounders),1829 年这项游戏首次被介绍到美国,1834 年出版的《体育》一书对当时在美国普遍开展的这项游戏作了描述。据说是 Abner Doubleday 在纽约发明了棒球运动。1845 年卡特莱特(Alexander Cartwright)为此制定了规则,1846 年依据此规则举行了第一场比赛。后来棒球运动从场地、器械、规则等方面不断完善,并迅速传播到世界各地。1872 年,一位在日本工作的美国体育教师将这项运动介绍到日本,开始日本人将其称作"Yakyu"即"field ball 野球或场地球",二十多年后棒球运动风靡日本,成为人们喜闻乐见运动项目,被誉为"国球"。展览回顾了棒球运动的起源、传入日本的过程、民众开展此项运动的情况。这一部分还重点展示了 1922 年成立的日本体育协会建立的日本第一支职业棒球队的历史,以及当年活跃在各支球队中的著名棒球手等内容,包括 Yomiuri 报的总裁 Matsutaro Shoriki 组织日本队于 1934 年迎战来访的美国全明星职业棒球的情景,东京棒球俱乐部队、大阪老虎队、东京青年队等球队的战绩等。

展览第二部分为日本与美国棒球队的交往历史。日本与美国棒球队的交往开始于 1934 年美国球队第一次访日。这次访问在日本棒球史上意义重大，它不仅将棒球运动带到了日本，而且促进了全日棒球职业队的建立，并向各队输送了许多美国球员（这多少有些像现今的"外援球员"）。直到 1943 年日本的棒球队才完全实现了"本土化"。展览以图表的形式列出了自 1934 年始到 2000 年与日本队交锋的美国棒球队的队名、比分、观众量等数据和内容。

展览第三部分为棒球影院。影院内采用多媒体等多种展示手段，演示了棒球的打法，各种不同类型的场地、棒球器材、设备等用具，以及各优秀球队比赛时精彩片段回放等内容，形象、直观地将棒球运动全面展现在观众面前。

展览第四部分为名人堂。宽敞明亮的大厅四周墙壁上悬挂着近 150 尊铜匾，上面雕刻着从 1959 年至今由棒球名人堂特殊选举委员会和体育记者协会共同选出的名人们的头像及他们的主要功绩。入选的名人有著名棒球运动员、教练员和著名的球队。他们是棒球迷们心目中的英雄，享有巨大的荣誉。

展览第五部分为临时展厅，不定期地举办与棒球运动有关的展览。有历史展、成就展、器械展、艺术展等多种类型的展览，同时还举办丰富多彩的文化活动。

博物馆在 IBM B.I.S 公司的大力支援下建立了棒球信息系统，实现了文物、资料和展览的科学化管理，提高了工作效率以及博物馆信息资源的利用率，为观众特别是一些体育科研工作者查询资料提供了便利。另外，图书馆内还有丰富的藏书，是观众和体育理论工作者阅览信息、查阅资料和做研究工作的好去处。

开放时间：星期二至星期天。

　　　4月至9月,上午10:00—下午6:00;图书馆:
上午10:00—12:20;下午13:00—5:30;

　　　10月至3月,上午10:00—下午5:00;图书
馆:上午10:00—12:20;下午13:00—4:30

（要求使用图书馆可以预定时间）。

门　　票:成人400日元,团体300日元;

　　　儿童200日元,团体150日元。

地　　址:1-3-61,Koraku,Bunkyo-Ku,Tokyo 112,JA-

　　　PAN. The Baseball Hall of Fame and Museum.

　　　（日本东京大厦21门的右侧）

电　　话:03-3811-3600

传　　真:03-3811-5369

名人堂和博物馆馆徽

名人堂和博物馆的棒球运动员群雕

展厅的陈列

展厅内展出的棒球运动服装和器材

展厅内的大屏幕放映着棒球比赛的精彩片断

少年棒球联盟博物馆
（Peter J. McGovern Little League Museum）

少年棒球联盟博物馆的口号是：毅力、勇气和忠诚。虽然少年棒球场比成人的要小（场地为 60 米，是成人场地的 2/3），但这并不意味着它是成人棒球运动的缩小，而是一个具有自身特点和高度组织系统的运动项目，有专门的规则和比赛，并已形成自己的传统。在美国，少年棒球运动最高水平的赛事当属少年棒球世界联赛，其最后的决赛在全美电视网上播出，具有很大的影响力。

少年棒球联盟占地 43 英亩，拥有一个 4 万人的体育场，世界少年棒球联赛就在这里举行。1974 年建立了女子棒球场，从此，少年棒球联盟就成为少年男女运动员从事棒球运动的专门场所，少年棒球联盟所在的城市威廉体育城也被人们亲切地称为"少年组织之家"。少年棒球联盟的创始人是卡尔（Carl E Stotz）。1938年的一天，他正同他的侄子做追逐游戏，他被一个垒桩绊了一跤，后来他回忆起此事，就对孩子说："要是你穿上制服，每场球都用新球，真正地在一个球队里打球怎么样？"创建少年棒球联盟的念头也就在这不经意中产生了。这一年的秋末，他开始将他的想法付诸实施。他拜访了 57 个商业团体，终于说服了其中的一个为少年棒球联盟提供赞助。1939 年，少年棒球联盟初创时只有 3 支球队，活动范围也只限于本地，如今少年联盟已拥有 2500 万名队员，分布在八十多个国家，活动范围已遍布全世界。而它的创始人卡尔先生，直到 1992 年 6 月 4 日他去世，一直在为他所创建的少年棒球联盟中工作。博物馆则展现了少年联盟棒球队从 1939 年创办以来的发展历史。在博物馆还挂着一张奇妙的光纤图，上面记录着少年联盟棒球队最新的发展状况以及他们成长的轨迹。

在激动人心的展览大厅，人们可以了解那些"毕业"于少年棒球联盟的运动员，他们后来又进入青年联盟或其他球队继续他们的运动生涯。第一个进入少年棒球联盟名人堂的"毕业生"是最佳投球手汤姆(Tom)。目前，在其他球队效力的运动员中，有五百多人是在少年联盟的培养下成长起来的。

展厅中还陈列着少年联盟棒球队在不同时期取得的辉煌战绩、历届少年棒球世界联赛的球星们和他们使用过的器材，保存着有关少年棒球知识的测验问卷以及专门为少年棒球制定的规则条文。另外，有关毒品和酒精对青少年的毒害和合适的营养有益于青少年成长的信息在展览中也有提及。

博物馆中最受欢迎的区域是一个小型棒球场地，这里安装了一个电视监控系统，观众在这里做练习时可以根据提示，改进动作，提高击球水平。

开放时间：周一至周六：上午 9：00—下午 5：00；

　　　　　周日：中午 12：00—下午 7：00。

门　　票：成人 5 美元；5—13 岁儿童 1.5 美元；5 岁以下免费；60 岁以上 3 美元。

地　　址：Route 15 P. O. Box 3485 Williamsport Pennsylvania 17701（美国，宾夕法尼亚州）

电　　话：(717) 326 – 3607

少年棒球联盟博物馆馆徽

印有少年棒球运动员的宣传画

国家保龄球运动名人堂和博物馆
（**National Bowling Hall of Fame and Museum**）

人们可能经常观看足球和篮球比赛,但谈到个人参与时,人们经常会选择参加保龄球运动。根据国际保龄球联合会(FIQ)较早时候的统计,世界上约有 1 亿保龄球爱好者,是世界参与率第二的运动,大约有 1000 万保龄球运动员经常性地在 25 万条球道上进行各种比赛。

美国国家保龄球运动名人堂和博物馆位于密苏里州圣路易(SY. Louis Missouri)的一座三角形的三层大楼内。这里至少有 12 个展区,每一位被吸收入堂的名人都有展品在此展出。从 16 世纪马丁·路德(Martin Luther)在自家门侧的球道上玩保龄球的图片到 750 余件 20 世纪打保龄球时穿的各式衬衫,展品包罗万象,丰富多彩。除各种衬衫外,这里还随处可见各种保龄球饰针。比如挂在名人堂二楼正厅上的大型饰针,以及 1936 年的斯图德贝克针(Studebaker),这是一种经一位名为克利夫兰(Cleveland)的保龄球场主改制成的滚动式饰针。

正如那些衬衫和饰针所表明的那样,保龄球并不仅仅是娱乐。保龄球运动员们在场上极力追求每一次掷球的完美,并给予同伴和对手真诚的鼓励与赞誉——这一点超过了其他任何运动中的相似情况。在馆内的收藏品中,除了那些艳丽的衬衫和各种奇异的奖品之外,还有一些颇为珍贵的古老的东西:一块有 248 年历史的描述保龄球运动的法国挂毯;一些在巴斯克奎尔斯(Basque

Quilles)保龄球运动会上用过的已有100年历史的饰针,以及52个世纪前古埃及用过的保龄球比赛的复制品。此外,还有60件极珍贵的描绘了保龄球运动场面的古代陶制啤酒杯。

"故乡豪情"(Hometown Heroics)是一座由四个计算机终端环绕的展台。通过计算机终端系统,游客可以方便地查出本地和本州名人堂名人的姓名,也可以找出曾经参加过300场比赛或者连续打过800次保龄球的球手的名字。进入瓶形滚柱球场(Teppin Alley)展区,一件名为"重要时刻"的大型绘画作品向人们展示了著名保龄球运动员在其运动生涯的某个特殊时刻的情景。而这里的影剧院则会循环播放一部名为"保龄球世界"的诱人影片。

对于美国的保龄球选手们来说,所有的男选手都希望在名人堂中有一块刻有他名字的铜牌,而所有女选手都以能将自己的油画肖像挂在这里为荣。

如果在参观结束后你还意犹未尽的话,还可以到旁边的场地玩上几局保龄球。这里既有已有75年历史的老式球道,也有最现代化的全自动球道,你可以在尽情展现自己球艺的同时,让身心得到充分的放松和锻炼。

开放时间:星期一至星期六,上午9:00—下午5:00;
　　　　　星期天,中午12:00—下午5:00;
　　　　　感恩节、圣诞节、新年不开放。

门　　票:儿童2.5美元;成人5美元。

地　　址:111 Stadium Plaza St Louis,Missouri 63102(美国,密苏里州,圣路易,体育馆广场111号,63102)

电　　话:3142316340

因特网址:http://www.bowlingmuseum.com

名人堂和博物馆馆徽

名人堂和博物馆内陈列的历史照片

名人堂和博物馆内展出的保龄球活动沙盘

加拿大橄榄球运动名人堂和博物馆
（Canadian Football Hall of Fame and Museum）

名人堂设在安大略省哈密尔顿（Hamilton，Ontario），里面表彰了171位运动员、教练员以及在加拿大以橄榄球运动为职业的其他人士，充分体现了加拿大人对橄榄球比赛的满腔热情。像罗斯·杰克逊（Russ Jackson）和托尼·加布里埃尔（Tony Gabriel）这样的运动员都是加拿大土生土长的橄榄球明星，他们曾代表"渥太华野性骑手队"（Ottawa Rough Riders）出赛，同时，他们也是加拿大多伦多体育名人堂中的名人。

加拿大的橄榄球运动深受美国橄榄球运动的影响，同时又有相当大的差别，从而形成了自身鲜明的特点和风格。加拿大的橄榄球运动每一方为12个运动员，而不是11个，而且比赛场地更长、更宽；在比赛中，一方球队只需获得3次（而非4次）死球，就可以向前推进10码，这一特点十分引人注目。

这是一座正在不断扩大的博物馆，馆藏的收藏品有30000多件，包括6300部影片和录像，以及15000张照片。有两个剧场在不停地放映那些值得纪念的比赛中的精彩画面。各式各样的陈列品涉及到橄榄球运动的方方面面，比如一件反映运动服演变过程的陈列品就是很好的例子。在馆内的一个专门的名人珍藏室，设有一个专门展区，展出了自1909年以来的所有冠军球队参加的大型比赛的资料和照片。

对于那些热爱加拿大橄榄球运动的球迷来说，这里最具吸引力的展品恐怕就是由博物馆永久珍藏的灰杯(Grey Cup)和辛利奖杯(Sckenly Trophy)了。前者是授予加拿大橄榄球联盟国家冠军的,而后者是授予 1953 年至 1988 年这段时间的最佳运动员的。灰杯通常在每年的 2 月至 10 月期间展出。

　　这个博物馆不仅展览与 12 人橄榄球赛有关的藏品,而且还展出与加拿大各级水平的橄榄球赛有关的物品,其中包括 6 人和 8 人制比赛。不久以后,这里还将有全新的展览展出关于这项运动的历史的继承物展区(Heritage Zone)和互动实习展区;同时,还将留出专门的空间来嘉奖加拿大大多数人都参与的运动:触身式橄榄球(Touch Football)。

　　　　开放时间:11 月至 4 月,周一至周六,上午 9:30—下午
　　　　　　　4:30;
　　　　　　　星期天和节假日,中午 12:00—下午 4:30。
　　门　　票:成人 3 美元;大学生和老人 1.5 美元;儿童 1
　　　　　　美元。
　　地　　址:58 Jackson Street West Hamilton,Ontario L8p
　　　　　　Il4(加拿大,安大略省,哈密尔顿,西杰克逊
　　　　　　街 58 号,L8P 1L4)
　　电　　话:(905)528 – 7566
　　电　　传:(905)528 – 9781

名人堂和博物馆馆徽

美国国家橄榄球基金会和
大学橄榄球运动名人堂
（National Football Foundation and
College Football of Hall of Fame）

这座名人堂位于印第安那州南本德(South Bend, Indiana)，在"格里蒂荣街心广场"(Gridiron Plaza)的入口处的右侧。这个街心广场是依据一个真实的橄榄球场仿造的。

在里面，通过一个巨大的四层主题雕像，你立刻就进入了一个大学橄榄球运动的世界。

这个雕像是一个表现人物形象的组合画，象征一个青年运动员进入了人生历程的新阶段。参观者可以沿着雕像一侧的螺旋车道阔步向前，沿途能看到安装在雕像内各种各样的具有视听效果的画面。

在雕像第一层的后面，从体育场上传出的声音变得越来越大，你会发现自己逐渐与那些头朝体育场的与真人同等大小的雕像群融为了一体。在接近入口的地方，雕像群变得越来越密，有些雕像还在说话。这个雕像群栩栩如生，使你在一个赛前的周六下午步行走过校园时，会产生一种兴奋的感觉。

进入名人堂的模拟体育场，你会被更多的球迷所包围，运动员们或站或坐。乐队的乐手、拉拉队队员和摄影师们在赛前说笑着。在你就坐后，灯光随即开始变暗，感觉就在一瞬间，你穿过了一个由录像放映设备制造的360度全景幻影世界，来到了体育场。此时,场内挤满了球迷,他们是准备在周六下午起哄的。突然一队人随着一个信号冲了进来。伴随着 80000 名球迷一声吼叫,整个体育场都爆炸了,接下来的表演是名人堂最主要的展览部分。

从这种比赛的早年开始,入选名人堂的名人的肖像就被制成模型摆放在众多展品之间。在冠军展厅(the Hall of Champions),这些展品向人们讲述着这种比赛数十年来的历史。展厅中还有反映不同历史时期比赛情况的录像,观众可以借此对那个时期赛场内外的进行了解。此外,观众还可以通过触摸屏监视器调看每个运动员的传记。

反映橄榄球盛典的展览部分有着很强的互动性,其中包括行进中的乐队、拉拉队、吉祥物、"回老家"聚会活动和其他与橄榄球有关的展品。你可以和着行进中的乐队的节拍,唱一曲自己学校的战斗歌曲,或者和学校球队的吉祥物一起照张像。

到了"训练中心",你可以领取一张计分卡,测量一下自己的运动潜力。首先是量身高,测体重,接着测试灵活性及反应能力,以及其他 8 项指标。你可以将你的测试结果和一个大学生运动员的各项指标数值进行比较。随后,你可以到实试场上,进行一番"实战"演练考察一下自己的能力。在这里,可以带球试着通过一系列的障碍,模仿着比赛中的样子做一做擒获再摔倒的假动作,或者主罚一次任意球,看能否使球越过球门横木以获取 3 分。"方法培训班"(the Strategy Clinic)中还展出了一系列的人机对话的展品,教育初学者关于这项比赛的基本方法。

"更衣室"(The locker Room)部分是奉献给大学橄榄球名教练的。它的内部沿中线分成了两个区域,分别建造了一个 20 世纪 30 年代的更衣室和一个现代化的更衣室。置身其中,仿佛站在历史与现实的交界线上,可以充分感受过去与现在的巨大差异。

名人堂中其他的展品还包括橄榄球季后比赛历程(Gnear brcol Games)、各式运动装备和模拟记者席。第一次橄榄球季后比赛出现在 1902 年 1 月 1 日,名为"玫瑰橄榄球季后比赛"(Rose Bowl Game)。他是由詹姆斯·A·瓦格纳发明的。瓦格纳在帕萨迪纳玫瑰锦标赛节(Pasedena's Towrament of Roses fesfinal)加上了橄榄球季后赛这个项目。在那次第一次的比赛中,密歇根(Michgaw)大学队以 49:0 打败了斯坦福(Stanfowd)队。不久又出现了一些其他的橄榄球季后赛,这些都属于新年传统上的保留项目。在模拟记者席,你可以点播比赛,并且把自己配音解说的球赛录像带带回家去。

开放时间:每天上午 9:00—晚上 7:00;
　　　　　感恩节、圣诞节、新年闭馆。

门　　票:不足 5 岁者免费;6—15 岁的儿童 3 美元;
　　　　　成人 6 美元;62 岁以上老人 5 美元。

地　　址:111 South St Joseph Street South Bend,Indiana
　　　　　46601(美国,印第安那州,南本德,圣约翰街
　　　　　南 111 号,46601)

电　　话:(219)235—9999

因特网址:http://www.collegefootball.org

名人堂标志

名人堂外部景观

职业橄榄球名人堂
(Pro Football Hall of Fame)

这座名人堂位于俄亥俄州坎顿(Canton, Ohio)。人们不禁会问:名人堂为什么会设在这里? 虽然坎顿曾经是一度闻名遐迩的"斗牛狗"(Bulldogs)——职业橄榄球初期的一个强队的故乡,但真正的原因是这个镇的人们经过长期艰苦的努力,在1961年募集了378000多美元,并把它引进了坎顿,从而说服了国家橄榄球联合会(NFL)将坎顿作为名人堂最适合的地点。

名人堂的入口处就在一座石料建成的圆柱形大楼的正前方,它是一个由五座楼构成的建筑群中的一座,半个52英尺高的石制橄榄球型屋顶指向天空。

进入这座被人比作柠檬榨汁机的大楼,一尊早期职业橄榄球的传奇式英雄吉姆·索普(Jim Thorpe)的7英尺高的铜像迎候着每一位来宾。接着你会看到一条微微倾斜的坡道朝上蜿蜒,一直通向圆形展览大厅(the Exhibition Rotunda),职业橄榄球运动的故事就从这里开始展开。随着展览大厅绕过那俯视名人堂的52英尺的橄榄球式圆屋顶建筑并一睹多采的职业橄榄球的"今日"(Today)展而结束时,许多珍贵的纪念品会吸引住每一位参观者的注意力。在"今日"展览中,现在美国全国28个橄榄球联盟(NFL)队中每一个队都受到了表彰。

职业橄榄球名人堂的展览从珍藏室开始,以许多令人兴奋的、丰富多彩的形式向人们讲述了这项美国最流行的、对观众最有吸引力的运动。在珍藏室内,为每一位入选名人堂的职业橄榄球的名人树立了铜制的半身像,作为永久的纪念。在一个纪念品展室内展出了应征入堂者的相片和一些私人物品,例如授予芝加哥熊队布朗可·纳谷斯基(Chicaco Bear Bronco Nagurski)的那个巨大的名人堂纪念环。在联队和冠军队展览室中(The Leagwes and Champions Room),介绍了美国橄榄球联盟(AFL)和美国国家橄榄球联盟(NFL)的历史,以及职业橄榄球运动服的演变。

职业橄榄球摄影艺术馆(The Pro Football Photo Art Gallery)内,布满名人堂内享有盛名的年度职业摄影师竞赛中取胜的照片。而在职业橄榄球冒险展览室(The Pro Football Photo Adventure Room)中,则展出了受人关注的、反映橄榄球运动中发生的各式各样事件的展品。名人堂内有各种可视资料和录像,在各大展区内还配有电视监控装置、磁带录音设备和问答小组,有选择功能的滑动机械装置鼓励每一个球迷亲身参与、体验这项运动。

这里的纪念品十分吸引人,常能唤起人们对过去的美好的回忆。其中有内得·格兰期(Red Grange)使用过的冰钳,他曾用它来运送重达100公斤的冰块。在这一过程中,他的腿部肌肉得到了非常好的锻炼,变得更加强壮有力。巨人指挥者Y·A·梯退耳(Giants Guarferbach Y. A. Tittle)在1963年全美国家足球(NFL)夺冠赛中失利时在冻草地上打碎的破裂头盔也被放在这里展出。孩子们对波普·格立兹(Bob Griese)在比赛时戴过的眼镜和帕兹维尔(Pottsville)滨州队雕刻的礼品很感兴趣,因为比赛后联队未授予他们礼品,所以他们自制了这件自我奖励制品。

尽管名人堂内有许多过去的珍贵展品,但同时它也十分注重收集与现在有关的物品。许多展品经常用意义重大的新材料来加以更新。现在的名人堂比以往任何时候都更可能向每一位来访者提供保证,保证他们在此一定的会获得乐趣,而不论其年龄或是否怀有偏好。

目前,耗资 860 万美元的扩建工程已经结束,这使得堂馆的面积由 5 万平方英尺扩大到了 82307 平方英尺。新的堂馆可以容纳不断增加的图书和档案材料、有关其他联队的新展品(即同 NFL 进行过对抗赛的那些联队的展品)。一个新的超级杯赛(Super Bowl)展室和一个"占有中心地位"的旋转剧院,已经在 1995 年 10 月开始启用,主要放映 NFL 联队比赛的宽银幕电影。

开放时间:阵亡将士纪念日—劳工节,每天上午 9:00—晚上 8:00。

门　　票:不足 5 岁者免费;5—13 岁的儿童 3 美元;成人 7 美元;62 岁以上的老人 3.5 美元;全家 17 美元。

地　　址:2121 George Halas Drive, NW Canton, Ohio 44708(美国,俄亥俄州,坎顿西北,乔治·海莱斯路 2121,44708)

电　　话:(216)456－8207;(216)456－7762(录音电话)

因特网址:http://www.profootballhof.com

名人堂标志

名人堂场址外观

名人堂内部展览

加拿大冰球名人堂
（Hockey Hall of Fame）

冰球是加拿大最重要的体育项目。1943 年,加拿大国家冰球联盟和业余冰球协会为纪念那些为开展冰球运动作出贡献的人士建立了名人堂。1993 年冰球联盟和业余冰球协会投资 2500 万美元,在 1885 年建立的蒙特利尔银行旧址内经翻修、扩建成现在的冰球博物馆和名人堂。

馆内陈列共分 16 个部分:伟大的瞬间介绍了冰球运动的起源与演进;历史展区展现了 19 世纪以来的冰鞋和设备;更衣室展区则按原尺寸复制了蒙特利尔队的更衣室,并放映最新的比赛录像;广播展区安装了数台可移动的电视装置,观众可选择收看比赛,可与主持人对话,也可以模拟解说;国际展区展出了广泛收集到的世界各地冰球队的队服、纪念品和工艺品;表演场区实际上是冰球运动电脑游戏场地,有的机器是测反应速度的,有的机器是通过射门看进攻水平的,有的机器是通过守门检查防守技术的;塑料场地是模拟冰场,观众可以在上面尽情演练;一个有 150 个座位的剧院内放映国家冰球联赛的比赛盛况;一台台遍布在各展区的触摸屏终端和电子墙是供观众查阅北美和国际冰球比赛的情况的;博物馆还专门为著名冰球运动员维南－格瑞特斯基(wayne Gretzky)设置了一个区域,介绍了他从少年到退役二十多年的运动生涯。他已成为加拿大青年人的偶像。最精彩的是大钟厅,这里有冰球圣杯——斯坦利杯,在原银行金库的地方展出。杯体上刻满了 1892

年至今全国冰球联赛(包括美国)优胜者的名字。它的复制品摆放在大厅中央,供人们拍照留念。大厅四周是入选名人的肖像和传记。这里也是冰球联盟和协会举办宴会和开展业务活动的场所,设备齐全的会议厅既可放映影片,又可以承办国内国际会议。每年这里还举行隆重的名人入堂仪式。

冰球博物馆和名人堂坐落在世界上最长的街——扬街最繁华的地段,交通便利,同一商业中心连在一起。参与日常运行和管理的约有 35 名工作人员,另有 50 名志愿者轮流上岗,分别在市场部、图书馆、展览部、接待部和财务部工作。所展示的大部分是真品。博物馆所有展区都冠以赞助商的名字,如可口可乐、柯达、麦当劳等。虽然霓虹闪烁,但由于紧紧围绕着冰球做文章,丝毫嗅不出商业气息。在博物馆和名人堂入口处旁边是博物馆的服装礼品店,与之毗邻的是商业中心各种风味的快餐厅。休闲、娱乐、购物、用餐一应俱全,所以观众络绎不绝,熙熙攘攘人群中不仅有儿童,更多是青年人,甚至残疾人。每一个活动设备前都有观众兴趣盎然地等待。每年观众高达 35 万人。除了展览,在博物馆地下室还有计算机控制室、档案室、图书室、印刷车间、文物复制车间等。

冰球博物馆是一个传统与现代博物馆结合的典范,既保留了一般博物馆固定陈列文物的传统,又引进计算机"虚拟现实"的表现方式,使观众能以游戏的方式参与体育活动。这种寓教于乐的展览形式基本上代表了现代体育博物馆的运作模式和发展趋势,值得借鉴。

地　　址:Hockey Hall of Fame BCE Place, 30 Yonge
　　　　　Street, Toronto, Ontario, Canada, M5E 1X8
　　　　　(加拿大,多伦多市)

电　　话:(416) 360 - 7735 ext. 206

传　　真：(416) 360 – 1316

因特网址：http://www. hhof. com

名人堂标志

名人堂门前的雕塑

观众在做游戏

名人堂著名冰球运动员维南—格瑞特
斯基（wayne Gretzky）设立了专门的展区

美国冰球名人堂
（United States Hockey Hall of Fame）

冰球是加拿大的传统体育优势项目,美国人也十分喜爱这项运动。明尼苏达州的伊弗列斯（Eveleth, Minnesota）,是美国冰球名人堂的所在地,在这里所举办的展览充分显示了美国人对这项运动的热爱。

在这个具有 20 年历史的博物馆中,对美国各级别的冰球运动进行了表彰。人们走进这座冰球圣殿,迎面看到的一件展品就是一个磨冰机的复制品,或称之为赞博尼磨冰机（Zamboni）。这种机器为冰场冰面的表面处理工作带来了革命性的变化,它能在几分钟内完成对冰面的打磨抛光工作。在过去,这种工作需要 3 至 5 个体力劳动者干上大半天,即使使用拖拉机拉动铲子,也要耗掉 1 小时的时间。

从 1995 年开始,博物馆将 84 位享有很高荣誉的冰球运动员列为名人堂内（The Greed Hall）的名人。由于他们当中的一些名人也是多伦多冰球名人堂中的成员,为了避免人们产生误解,这个博物馆使用了清一色的美国设备。在这里,加拿大人只是参观者。

杰出的漫画家查尔斯·舒尔茨（Charles Schllz）是名人堂内一位特殊的名人,他将自己对冰球运动的痴迷与理解,以及对夺取荣誉的渴望,都通过他笔下的著名卡通形象——史努比（Snoopy）,尽情地表露了出来。

在名人堂夹层楼面的上方,有一个关于 1960 年和 1980 年度美国奥运冰球代表队的专题展览。展品中有一个守门员的面罩，它使我们可以从守门员的视角来观察这项比赛。在这两届冬季奥运会上，美国冰球队都获得了冠军。但值得注意的是，这两次都是在美国本土举行的比赛。

名人堂的第二层展示了美国冰球运动的组织机构，以及它们是如何开展各级别比赛的。有一条时间隧道能让我们看到、听到关于这项运动早期的故事，其中包括了冰球运动的早期形式——冰上水球（Ice Polo）。将来还会有一些新的可操作的互动式展品，以进一步增强观众的参与意识。现在，这里有一个冰球运动场的复制品，参观者可以执球棍试一下自己的击球技术。博物馆还设有一个剧院，在剧院的休息大厅，参观者可以要求录像图书馆放映冰球赛的影片。此外，这里还有一个小型的艺术陈列馆。

作为美国冰球运动名人堂的所在地，伊弗列斯与美国冰球运动的发展有着密切的联系。早在1902年，这里就举办了第一次冰球赛。到了1920年，这个市级冰球队已经具备了国家队的水平，并成为美国业余冰球协会中一支重要力量。当地的一个大学校队曾被邀请代表美国参加1928年在荷兰阿姆斯特丹举行的冬季奥运会，但因为未能筹集到这次参赛的费用，美国队最终"未出席"。但仅凭受到了邀请这一点，这个城市就有权得到"美国冰球之都"的称号。

长期以来，这座城市为美国冰球运动培养了大批人才，其中包括了参加过国家冰球联盟比赛的13位名人。在第一批入选美国冰球运动名人堂的84位名人中有6位是伊弗列斯人，该市的两位市级传奇式人物——弗兰克·布雷姆斯克（Frank Brimsek）和约翰·玛瑞阿西（John Mariacci）同时也是加拿大多伦多冰球运动名人堂中的名人。

开放时间:周二至周六,上午9:00—下午5:00;

星期天,上午11:00—下午5:00。

门　　　票:6岁以下儿童免费;6—12岁的儿童1.75美元;老人和13—17岁的儿童2美元;成人3美元;10人以上售团体票,可以优惠。

地　　　址:801 Hat Trick Avenue. P. O. Box 657 Evelcth,Minnesota 55734(美国,明尼苏达州)

电　　　话:(800)443－7825或(218)744－5167

电　　　传:(218)744－2590

因特网址:http://www.ushockeyhall.com

名人堂标志

名人堂外观

国际网球名人堂和博物馆
（**International Tennis Hall of Fame and Museum**）

网球运动爱好者可能会为草地球场与土地球场哪个优点更多进行激烈的辩论，为比尔·狄尔登（Bill Tilden）是否有可能打败勃若恩·鲍格（Bjurn，Borg）争论不休，或者对某场比赛中边线裁判员的判罚提出质疑，但他们多数人都会同意位于罗德岛新港（Newport，Rhode Island）的国际网球名人堂和博物馆是全美国最好的，陈设漂亮的、具有重大历史意义的体育殿堂。

在 19 世纪晚期，新港是当时美国富有家庭的夏季旅游胜地。这里经常聚集着上流社会的人士，他们当中有一位叫小詹姆斯·哥多·贝聂特（James Gordon Bennetjr）的人，是"纽约先驱报"（New York Herald）的一位性格有点古怪的发行者。1879 年的一天，当他一位朋友的客人在那个专门的新港阅览室内的特权被取消时，他被激怒了。在骑着马穿过俱乐部之后，他下定决心要讨回公道，于是就在离贝勒维大道（Bellevue Avenne）俱乐部只有几个街区的地方买了 5 英亩的地，建起了一座巨大的体育殿堂，并命名为"卡西欧"（Casio）。这座巨大的木墙面板式建筑是由麦金姆来德和怀特（Mikim，Mead and White）这家著名的建筑公司设计的。它有一个马蹄形阳台、带角楼的门廊和通风的走廊。展览室于1880 年正式开放，很快就成为了新港上层人士新的社交聚集地，他们在此观看或参加棒球比赛、赛马、室内网球和戏剧节目，玩纸牌和台球。

　　贝聂特还为草地网球这项新的时髦运动建立了草地球场。草地网球是相对于欧洲13世纪兴起的古老的室内网球这一运动的一种新的玩法。这项运动的创始人是一位英国陆军军官——沃尔德·克洛普顿·温菲尔德少校（Major Walter Clapton Wingfield）。他于1873年12月在威尔士德南登克尔沃的引入了室外网球，称之为"斯费富斯特克"。这项运动很快为人们所接受，但这个名称并不受欢迎，人们更喜欢称之为"草地网球"。1874年，玛丽·尤因·奥托布里奇（Mary Ewing Outerbridge）将这项运动从百慕大（Bermuda）照原样引入了美国。他还从一家英国陆军商店买到了球拍、球和网，将它们带回到美国，并组织了最初的比赛。这些比赛是在斯坦顿岛的板球和垒球俱乐部的运动场上进行的。

　　1881年，新港卡西欧成了美国第一次全国草地网球冠亚军赛（今天美国公开赛的前身）的所在地。从那以后，这里一直都是冠军赛的举办地，同时还是当时少数的运动名人堂之一。作为一座具有历史纪念意义的建筑，卡西欧有着典型的维多利亚建筑风格。现在，这里正受到精心修复和维护，包括增加气候控制拱顶以保护那些贵重的图书、期刊和艺术品。

　　这是世界上最大的博物馆。它的陈列室里摆满了礼品、艺术品、照片、录像和纪念品。这些展品反映了草地网球这项运动从初创时期发展成为今天专业比赛的整个历史过程。

　　馆内有戴维斯杯室（Davis Cup Room）、德怀特和西阿斯室（Dwight and Sears Room）、女子网球运动员专室、室内网球室以及一些特别的展品，这些展品反映了网球设备和样式的演变过程。参观者也可以用那些互动录像展品测试一下自己的网球知识，而其它不断播放着的录像影片则重现了网球史上的一些重要时刻。

　　圣化厅对那些自1955以来被选入名人堂的名人进行了表彰。

1994 年时,这里总共有 162 位名人。你会找到其中大部分名人的相关资料。从 1975 年开始,入选名人堂的候选人范围扩大到了全世界,这就使它成了一个真正意义上的国际名人堂。

使这个名人堂对网球爱好者真正具有吸引力的因素在于,他们不仅可以在这个经典室内球场(属于美国 9 个室内球场之一)玩球,而且这里还有 13 个高质量的草地球场,它们是至今仍应用于比赛的世界上最古老的球场,也是全美国每年从 5 月至 10 月向公众开放的仅有的几个球场。在这些球场上你也许玩不出网球冠军那种水平来,但是在这种环境下你一定会产生这种感觉。

开放时间:每天上午 10∶00—下午 5∶00,但是在锦标赛期间只对持票者开放;

　　　　　感恩节和圣诞节期间不开放。

门　　票:不满 5 岁者免费;16 岁以下的儿童 3 美元;成人 6 美元;老人 3.5 美元;全家为单位 12 美元。

地　　址:Newport Casino 194 Bellevue Avenue Newport, Rhode Island 02840—3586 (美国,罗得岛新港,贝勒维大道 194 号新港卡西欧,02840 - 3586)

因特网址:http://www. tennisfame. com

名人堂和
博物馆标志

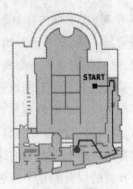

名人堂和博
物馆平面示意图

名人堂和博物馆内部景观

名人堂和博物馆外观

国际体操名人堂

（The International Gymnastics Hall of Fame）

体操是美国最古老的运动项目之一。有正式文字记载的体操活动始于 1848 年,但在这个名人堂正式建成以前,却很少有人肯花精力去展现体操运动的历史,而体操明星们也未得到应有的重视。

位于加利福尼亚州海滩(Oceanside California)的这个国际体操名人堂建于 1987 年,同时这里也是美国体操运动员名人堂的所在地。自 1959 年以来的一些美国优秀体操运动员的成就被集中在美国厅(The U.S.A. Room)进行展示。

国际名人堂的入选者的肖像(到目前为止,只有奥尔甘·利巴蒂和纳蒂亚·卡曼内希)被放在国际厅的显著位置。这个厅目前正在重建以便能容纳每个运动员的原始肖像。

名人堂中的大部分地方展出的都是与奥运会体操项目有关的内容。展品包括宣传海报、图片、照片、奥运火炬、1992 年巴塞罗那运动会以来的徽章,以及 1932 年至 1948 年间各级运动会使用过的运动服。

这里还有一个新开放的体操艺术馆,有许多绘画作品、印刷品、海报和照片摆放在其中一间大厅里。大厅的中央铺了一块深蓝色的地毯,这是一块 1984 年洛杉矶奥运会时供体操运动员练习用的地毯。一个独立的录像剧场还可以提供国内和国际大型体操比赛的录像供游人观看。

　　所有展厅中最独特的一个是健美肌海滩/高空运动厅（Muscle Beach/Acrosports Room）。这里集中展示了曾在健美肌海滩开展的多种活动，以及蹦床比赛，翻跟头，高空运动和爬绳等娱乐项目的有关内容。

　　除上述参观内容外，你还可以在一间叫"名人"的休息厅中买到带有体操名人亲笔签名的照片和其他一些纪念品。

开放时间：正常上班时间，但是建议最好用电话事先联系
　　　　　一下，以确保其为上班时间。

门　　票：免费。

地　　址：227 Brooks Street Oceanside, California 92054
　　　　　（美国，加利福尼亚，海滩，溪水街 227 号，
　　　　　92054）

电　　话：6197220606

名人堂标志

国家摔跤名人堂和博物馆
（The National Wrestling Hall of Fame and Museum）

为纪念业余摔跤运动员所取得的成就，1976年在俄克拉荷马州的静水（Stillwater Oklahoma）建立了这座名人堂和博物馆。走进大厅，首先看到的是一件古代体育艺术品的复制件——具有2200年历史的古希腊摔跤运动员的雕像。

在荣誉大厅里，贴有每一位受表彰者的照片，同时还有一个电话号码，通过拨打这个号码，你可以听到有关摔跤运动员的精彩故事。这里还有一面冠军墙，上面列出了五千多名各种摔跤比赛的冠军的名字。

被吸收入名人堂的美国杰出的摔跤运动员中，有华盛顿、林肯、罗斯福等前任总统，宇航员迈克·柯林斯，作家约翰·欧文，诺贝尔和平奖得主诺曼·E·波罗格，演员柯克·道格拉斯以及诺曼·施瓦茨科夫将军等各界名流。

陈列室中，雕像、照片、各种奖品、运动服装和其他一些纪念品占据了主要位置。这其中有美国最早的摔跤胜利纪念品———只有一百多年历史的小奖杯、第一个三边形电子记分牌、斯特朗·格列·刘易斯训练用的夹头机等。此外，这里还收集了一些书签、影片和录像。

开放时间：星期一至星期五，上午9：00—下午4：00；
周末和节假日根据预约开放。

门　　票：免费。

地　　址:405 West Hall of Fame Avenue Stillwater, Okla-
　　　　homa 74075(美国,俄克拉荷马,静水,名人堂
　　　　大道以西 405 号,74075)
电　　话:4053775243

名人堂和博物馆馆徽

国际拳击名人堂和博物馆

（The International Boxing Hall of Fame and Museum）

拳击名人堂 1984 年建成于纽约州的小镇凯纳斯多达（Canas-tota New York），这个小镇有着悠久的拳击历史，最初的比赛是在开凿伊利运河的工人间进行的。1895 年在凯纳斯多达放映的第一场电影的主题就是带有示范性的拳击赛。当拳击运动的普及在 20 世纪 20 年代达到高潮时，来自凯纳斯多达的体操馆和俱乐部的拳击手们逐渐引起了公众的注意。地区中学也将拳击作为体育锻炼的重要手段，并一直持续到 20 世纪 40 年代末期。到 50 年代，来自凯纳斯多达的卡门·巴西里奥（Carmen Bassilio）先后取得了次中量级和中量级的职业拳击世界冠军。进入 70 年代，同样是来自凯纳斯多达的比利·拜卡斯（Billy Backus）也曾被授予次中量级职业拳击世界冠军。因此，凯纳斯多达也被称为"冠军之镇"（Title Town）。

这个名人堂目前虽然规模不大，但它正处在不断的发展之中，是一个朝"重量级职业拳击手"迈进的"次重量级职业拳击手"。按照爱德·布洛菲（Ed Brophy）馆长的设想，这个名人堂早晚会被建成为一个各种拳击活动的中心。现在，规划中的冠军大院（Courtyard of Champions）已破土动工。它实际上是一个室外凉亭，可用于举行各种仪式或供拳击手们进行训练。此外，这里还将建立新闻发布中心和一条名人走廊，作为室内名人堂的补充。

进入名人堂，你将立刻置身于令人热血沸腾的搏击世界。玻璃陈列柜中摆满了一百多年前的"大拳击赛"的物品。有拳击运动名人的艳丽服装,手套,护手用的包布,穿孔袋,运动鞋以及其他的训练设备。

在这里,乔·路易斯(Joe Louis)有名的紫色运动短裤和威力·佩普(Willie Pep)的冠军腰带,马维·里格勒(Marvin Hagler)的鞋以及洛基·马希亚诺(Rocky Marciano)在1952年同杰西·乔·华尔科特(Jersey Joe Walcott)比赛时戴过的手套陈列在一起。再加上那充满动感的大幅照片和当时报纸上关于比赛的极富刺激性的大标题,这一切都使参观者仿佛又回到了那令人激动的比赛现场。

博物馆中最受欢迎的展品之一是几十个拳击冠军的拳头模型。其中最有名的是1933年和1934年重量级职业拳击冠军普里莫·卡尼拉(Primo Carnera)的拳头,足有 $14\frac{3}{4}$ 英寸,与之相比,其他重量级拳手的拳头几乎和小孩子的拳头差不多。制作这些模型的方法是一位牙医借鉴了制造牙齿模型所使用的技术而发明的。为纪念名人堂中的每一位成员,主办方收集了大量照片并列出了每一位拳手职业生涯中的重要事件,在一面名人墙上,还展出了1995年以前征集到的152位名人的奖章。此外,一些大型比赛录像的播放也为博物馆营造了强烈的现场氛围。

每年6月的第一个周末,名人堂会举办一项名为"冠军周末"的盛大活动。届时会有二十多位冠军到凯纳斯多达来出席入会仪式,参加高尔夫球比赛和拳击运动资料收藏家会议等。

除向人们展示拳击运动本身外,名人堂中还展出了各种拳击比赛门票、大量精美的拳击赛广告宣传品,以及拳击训练设备。而在礼品店中,参观者还能买到有名人亲笔签名的纪念品。总之,这座名人堂正越来越成为世界拳击迷们向往的圣地。

开放时间：白天，上午 9：00—下午 9：00。

门　　票：8 岁以下儿童免费；9 至 15 岁者 3 美元；成人
　　　　　4 美元；老人 3 美元。

地　　址：One Hall of Fame Drive Canastota, New York
　　　　　13032（美国，纽约，凯纳斯多达，名人堂一号
　　　　　路，13032）

电　　话：3186877095

传　　真：3156975356

因特网址：http://www.ibhof.com

名人堂和
博物馆馆徽

馆内展出的拳
王阿里的比赛片段

名人堂和博物馆场址外观

名人堂和博物馆内展出的图片

馆内展出的拳击纪念品

馆内展出的早期拳击图片

馆内展出的拳击宣传品

日本相扑博物馆

（Sumo Museum）

相扑是流行于日本的一种传统摔跤运动。它的起源尚无定论，有人说相扑源于中国的"蚩尤戏"。"相扑"一词始见于宋代的《太平御览》。南宋时，临安设有相扑者的组织"角抵社"，后来在日本的奈良时代传入日本。但大多数人认为相扑源于日本。两千多年前在日本有两个部落为争夺领土发生激烈的冲突，这即是日本最早的一次相扑角逐。公元前23年日本就有了关于相扑的文字记载，它是一项胜者幸存、败者丧生的残酷运动。8世纪时，相扑表演传入神祠和宫廷，登上大雅之堂，又于室町时代（1392—1573）出现了职业相扑。到了18世纪末，相扑运动风靡日本，此后经久不衰。

为使人们了解相扑运动的历史和现状，以及更系统地研究相扑，日本在东京墨西区开设了一家相扑博物馆。

它是一座华丽建筑，内部人工采光，灯火通明。馆中收藏了有关相扑的彩色版画近4 000幅，挂轴150轴。在东京隅田川，曾有一座名叫"两国桥"的古老木桥，江户时代（1607—1867）常有遐迩闻名的相扑力士出没于此。就在当时有两位著名画家丰国和国贞，用一幅幅日本现时风俗画，即"浮世绘"生动地再现了相扑名手在木桥旁的雄姿。如今馆中就有这两位画家的画。

博物馆中除了陈列一些反映相扑的绘画艺术品外，还有大量珍贵的相扑历史文物，如早年相扑力士在开场式上围的饰布、相扑裁判用的指挥扇等。其中相扑亚军,即"大关"的雷电为右卫门的大手印也展出于此。他力大无比,竞技场上曾频频伤人,他一出场,有些动作、招数被禁止使用。馆中还藏有"横纲"级相扑冠军谷风梯之助的遗物,他是众多相扑迷们深深喜爱的一位勇士。

　　地　　址:3－28,Yokoami 1－chome, Sumida－ku, Tokyo.(日本,东京)

　　电　　话:03(3622)0366

　　因特网址:http://www. sumo. or. jp

博物馆馆徽

博物馆中展示的
相扑运动员的形象

馆内展出的相扑奖杯

日本相扑博物馆内悬挂的相扑绘画

帆船运动博物馆

(The Museum of Yachting)

许多人类的劳动行为,都演变成了今天的体育比赛项目或游戏,而将这两者结合得最好的例子之一就是帆船运动。帆船运动起源于古代居住于海河流域人们的水上交通工具。早在 1862 年,英国国王查理二世就举办了英国与荷兰之间的帆船比赛,到 1870年,美国和英国又首次举行了横渡大西洋的美洲杯帆船赛。

帆船运动博物馆设在罗德岛的新港(Newport, Rhode Island)。这里紧临港湾,地势较高,从博物馆内就可以看到小汽艇、小帆船、单桅帆船和赛艇等各类船只。博物馆的宗旨是要忠实地保存、记录和描述世界帆船运动的历史和发展演变过程,向人们展示有关造船技术的改进、各种文献资料和工艺品。

博物馆包括一个美国杯陈列室,一件"大 J 船"(The Great J Boat)展品占据了其中的显著位置;一个帆船总汇,展示着许多过去一直存放在博物馆帆船修复学校的帆船;一个小帆船陈列室,向人们展示了各种古典的单一式样的帆船和蒸汽船。此外,另一些相当受欢迎的展品是那些在过去的航海时代,由范德比尔特家族(the Vanderbitts)、莫更家族(Morgans)和阿斯特家族(Astors)竞相建造的大帆船,当时的人们就是驾着它们漂洋过海的。

博物馆内还设有一个帆船运动名人堂,但它不是为了那些腰缠万贯的航海运动员建造的,而是为了表彰那些独立的航海者,即向那些曾经独自一人航行于世界各大洋的勇敢的水手们表示敬意。这些人中包括了首位单独驾船环游世界的航海家斯罗克姆（Joshua Slocum），以及今天举办的"单独环球"航行赛中的各位英雄。

开放时间：9月15至10月，每天上午10：00—下午5：00；11月至5月14日，凭预约参观。

门　　票：一般参观者3美元；全家6美元；老人2.5美元。

地　　址：Fort Adams State Park P. O. Box 129 Newport，Rhode Island 02840（美国，罗得岛新港，亚当斯要塞州立公园，02840，邮编：129）

电　　话：（401）8471018

博物馆馆徽

美国杯名人堂和赫瑞索夫航海博物馆

（**America's Cup Hall of and Herreshoff Marine Museum**）

对于美国杯帆船赛的复杂规则，即使没有一点头绪，你也会发现美国杯名人堂是一个值得参观的诱人的地方。美国杯是世界最古老的体育竞赛奖杯，尽管大多数人以为这种杯是美国的，但实际上它起源于英国。它是英格兰皇家帆船队作为世界第一次帆船锦标赛的纪念品（1851 年伦敦博览会最吸引人的展品）而捐赠的。当年，来自全世界各种登记的帆船参加了环绕怀道（the Isle of Wight）60 英里航程的竞赛，"美国"号帆船赢得了这场比赛和奖杯，因此就产生了"美国杯"这个名字。"美国"号的船主叫约翰·C·斯蒂文（John. C. Steven），他是纽约帆船俱乐部第一任主任，是蒸汽船的先驱、工业家和名人堂的名人。

美国杯名人堂设在纳拉干西特湾的赫瑞索夫航海博物馆内（Herreshoff Marine Museum）。在一个纪念美国最杰出的赛艇建造者和设计者之一的博物馆内，你会看到有关美国杯竞赛这种世界上最有名的帆船赛的工艺品、纪念品、录像带、老照片和艺术品，并为那些美丽的古木帆船而惊叹。

这个名人堂现在还处在原型阶段，现正在为不久的将来设计出实际需要的场所；与此同时，从 1993 年以来每年都吸收一些传奇式的名人。

在这个原始的名人堂内，有每位名人的个人勋章，勋章上悬挂了世界各地的在名人堂登记的帆船俱乐部的彩色小燕尾旗。还有两种有重要意义的美国杯搜集品：萨尼·荷台顿（Souny Hodgdon）美国杯模型和纽约赫媒特（Hemmet）拍摄的世纪之交的照片的搜集品。被展出的展品中包括"无畏号"（Intrepld）的舵轮，"哥伦比亚号"（Columbia）的舵轮和"美国3号"（America 3）的整体模型。

　　名人堂的位置选在赫瑞索夫航海博物馆内是十分合适的，因为博物馆正处在罗德岛·布勒里斯托尔赫瑞索夫公司的所在地。该公司曾于1893年造就过连续8位美国杯卫冕船队。事实上，是布里斯托尔人在建造美国杯帆船。

　　博物馆展示了以纳特船长（Captaia Nat）而闻名的纳特哈尼尔G·赫瑞索夫在帆船设计和建造方面的独到工艺成就。他建造料6条赢得过奖杯的船。赢得了1903年大赛的"信得过号"（Reliana）那条船是所有获得美国杯的帆船中的巨子，在200英尺的船桅上有17,000平方英尺的帆。

　　在博物馆内，你会看到美国最老的帆船——"鬼怪号"（Sprite），它是赫瑞索夫兄弟在1859年建造的，还由"阿里阿"（Aria）——25英尺长的"狂湾号"（据说这是纳特船长的得意之作）以及45条原始的赫瑞索夫号船只（Herreshoff Boat）。

　　你可以在赫瑞索夫于1863和1945年间建造的7大钢铆纵帆游艇和一些其它的帆船和蒸汽船的下水场地上踱步。除了一些旧的工具、施工图、画和比例模型之外，还有一台三向膨胀的蒸汽发动机，它在1914年曾经为J·P·摩根（J. P. Morgan）的114英尺长的供市郊上下班用的交通船和一艘游艇公司的船提供动力。

　　本世纪初的电影已经改制成了录像，从而使你可以看到船的制造、下水和扬帆竞赛的过程，当然也换由大量的录像片展示了最新的美国杯大赛的场面。

　　在名人堂和博物馆内最令人鼓舞的展品之一是那条长56英

尺的小渔船"贝利萨留"（Belisarius）号，这是纳特船长最后的设计。你会看到它停泊在博物馆的正前面，或者，更令人激动的，看到它在那拉干西特海湾（Narragansett Bag）扬帆全速航行的场面。

开放时间：5月至10月，周一至周五，每天上午10：00—
　　　　　下午4：00；
　　　　　周六至星期日，每天上午11：00—下午4：00。

门　　票：成人3美元；老人1美元；全家5美元；学生
　　　　　和会员免费。

地　　址：7 Burnside Street Bristol, Rhode Island 02809
　　　　　（美国，罗德岛．布里斯托尔．伯恩赛德
　　　　　（Burnslde）街7号，02809）

方　　向：布里斯托尔商业区以南1/2英里，蒙特霍普斯
　　　　　（Mt. Hope Bridge）以北1/4英里，科勒霍普街
　　　　　（Corner Hope Bridge）（114路）和伯恩赛德之
　　　　　间。出了1－95号公路，从7号出口（Seelaonk
　　　　　Barri），沿114S路，穿过布里斯托尔，向左转到
　　　　　伯恩赛德街。

电　　话：(401)253－5000

服　　务：停车免费，附近有餐馆，还有礼品店。

博物馆内展山的最早
的航海纪念杯"美国杯"

博物馆展示的帆船图片

博物馆外观

水橇博物馆和名人堂
(The Water Ski Museum and Hall of Fame)

如果你发明了一项运动,结果这份功劳却记在了他人的名下,你会怎样想呢? 拉夫·塞缪尔逊(Ralph Samuelson)就遇到了这样的事。他的发明由于一位报纸记者的努力才得到了公众的认可,但这已经是距他第一次系上滑板下海滑水之后 44 年,即 1966 年的事了。在此之前,一切有关荣誉都归在了 1924 年获得这项运动第一名的纽约人弗雷德·沃勒(Fred Waller)的名下。

拉夫·塞缪尔逊 18 岁的时候,在明尼苏达州的丕平湖(Lake Pepin)发明了这项运动。按照他的理论,如果人们能够在雪地上滑雪,那么也就可以在水上滑水。拉夫·塞缪尔逊是第一批进入水橇名人堂的名人之一。虽然他最初使用的雪板(桶板和雪橇)已经丢失,但在这里你可以看见他第一次获得成功的水橇装备:顶部弯曲,长 8 英尺、宽 9 英寸的松树木板,全皮的皮鞋固定装置,用作拖索的系在一个铁环上的窗帘绳。

这座博物馆设在佛罗里达州温特·黑文(Winter Haven Florida)。这里的展品包括实物,老照片,纪念品和工艺品,其中一些老照片是人们在 1982 年捐赠的,其发起单位是美国滑水教育基金会。而展出的实物则会告诉你滑水运动所使用的水橇,拖索和把手的改进历程。

先驱展厅(Pioneer Hall)中一部分展品集中反映了赤脚滑水运动的发展。这项运动是超契·斯顿发明的。他是在看到一位滑水者用很小的滑水板滑水时产生这一想法的。他想到脚底几乎也就只有这么大的尺寸,所以在1947年,他说服了"柏树公园"(Cypress Gardens)的一位滑水爱好者A·G·汉科克(A.G-Hancock)试一试赤脚滑水。汉科克在第二次尝试中成功了,从此产生了一项新式的滑水运动。

赤足滑水的展品包括了美国队获得的许多金牌、奖杯,以及湿式潜水服、手柄、绳子等装备。录像资料演示了世界赤足滑水冠军赛,在这些比赛中,参赛者表演了令人难以置信的动作。

在冠军厅(The Hall of Champion)中,1949年以来的历届美国滑水队都有展品展出。也是自那时起,美国队在滑水运动中始终立于不败之地。

博物馆的中心位置展出的是在1954年正确使用原子船的滑水运动员模型。毕竟,如果没有拖索船,也就没有滑水运动了。

和博物馆紧邻的是名人堂。在这里,滑水运动的先驱者、官员和运动明星都受到了表彰。拉夫·塞缪尔逊这位"滑水运动之父"的铜制半身像被置于波光粼粼的蓝色瀑布的中心。其他名人也都有油画肖像和各自的传略。自1982年名人堂落成以来,共有34位名人被吸收进来(至1995年为止)。

博物馆中的图书馆收藏了众多与滑水运动有关的资料,包括世界范围内反映滑水运动的电影和录音带。

在柏树公园附近,"世界滑水运动之都"通过20世纪40年代和50年代的新闻短片向美国观众展现滑水运动的优美。柏树公园冠军滑水队仍然每天数次为观众表演那些克服地心引力的绝技、令人捧腹的滑稽动作和精彩的支撑动作。

开放时间:星期一至星期五,上午10:00—下午5:00;

凭预约有导游陪同参观。

门　　票:免费。

地　　址:799 Overlook Drive,SE Winter Haven,Florida
33884(美国,佛罗里达州,温特·黑文东南方
欧沃鲁克路799号,33884)

电　　话:8133242472

传　　真:8133243996

因特网址:http://www.usawaterski.com

博物馆馆徽

博物馆展厅

博物馆外观

博物馆内陈列的展品

溜旱冰运动国家博物馆和
溜旱冰运动业余爱好者名人堂
（National Museum of Roller Skating and Roller
Skating Amateur Athletic Hall of Fame）

　　根据传说,希腊神话中的赫尔墨斯(Hermes)所穿的鞋子是呈翼状的。从那以后,人们便试图在他们的双脚上添加一些东西以行走得更快。到了18世纪初期,一位比利时乐器制造者约瑟夫·马林(Joseph Marlin)产生了一个想法——在脚下装上轮子。据说,他曾穿着自己研制的旱冰鞋,吹着笛子,潇洒地参加了一个化装舞会。

　　今天,滑旱冰已成为人们十分喜爱的一项运动,并在世界范围内拥有众多的爱好者。而位于美国内布拉斯加州林肯市(Lincoln Nebraska)的溜旱冰运动国家博物馆和溜旱冰运动业余爱好者体育名人堂则堪称世界最大的溜冰鞋总汇。当面对这里陈列的早期各式各样的溜冰鞋时,年轻人往往会问:"怎么能用那种东西来溜冰呢?"而年长的人则会笑笑回答说:"技术,这需要技术。"

　　如果不是有无数的照片和录像来证明这件事,今天的许多孩子可能仍然无法相信,人们实际上是可以用那些捆在普通鞋子上的钢制的东西来溜旱冰的。

　　在这个博物馆中陈列着从这种初期的溜冰鞋到当今技术含量很高的直列式旱冰鞋。这其中还包括一些十分罕见的鞋种,例如给马用的冰鞋和与高跷并用的冰鞋。实际上,这里的展品展示了自 18 世纪以来溜冰鞋以及溜冰技术的演变历程。

　　溜旱冰运动真正引起公众的兴趣是在 1863 年。当时,詹姆斯·普里姆顿(James Plimpton)发明了富有革新精神的"摇滚式冰鞋",从而使这项运动产生了永久性的变化。这种溜冰鞋的特点是在鞋底下装有可以凭特殊装置而滚动的轮子,使溜冰者通过学习可以掌握左右转弯的技巧。普里姆顿开设了冰场,提供冰鞋,并资助了纽约旱冰协会——溜旱冰运动的第一个俱乐部,即今天美国溜旱冰运动业余爱好者联合会的前身。

　　名人堂组建于 1983 年,其中的展品突出反映了被吸收入名人堂的名人们所取得的成就,以此向在溜旱冰运动比赛中取得特殊成就的个人和团体表示敬意。在这里,观众从那些反映了溜旱冰运动历史的陈列品中,可以了解到 19 世纪晚期在麦迪逊广场花园(Medison Square Garden)举行的为期 6 天的溜旱冰比赛的情况,也可以了解到在 19 世纪 70 年代兴起的旱冰冰球比赛的情况,这一比冰球运动温和得多的比赛项目曾作为奥林匹克表演项目于 1992 年表演过。此外,这里还有大量与溜旱冰运动有关的服装、奖章、奖品、照片以及宣传海报等展品。

　　　　开放时间:星期一至星期五,上午 9:00—下午 5:00;节假
　　　　　　　　日不开放。
　　　门　　票:免费。
　　　地　　址:4730 South Street Lincoln,Nebraska 68506(美
　　　　　　　　国,内布拉斯加州,林肯南街 4730 号,68506)
　　　电　　话:4024837551
　　　传　　真:4024831465
　　因特网址:http://www.rollerskatingmuseum.com

名人堂标志

溜旱冰运动员准备出发时的情景

旱冰球队队员

博物馆和名人堂外观

国家赛马运动博物馆和名人堂
（The National Museum of Racing and Hall of Fame）

在美国，也许没有任何一个小镇能像萨拉托加斯普林斯（Saratoga Springs）那样激发出人们的创作灵感，从而写出如此之多的书、故事、电影和戏剧作品，并受到无数名人的访问。这里还是三所名人堂的所在地（英纯血赛马运动、挽车赛马运动和舞蹈），这本身又是一个奇迹。

位于纽约萨拉托加斯普林斯（Saratoga Springs New York）的这座国家赛马运动博物馆和名人堂，向人们展示了一流赛马运动的方方面面。这里能使你在了解赛马运动历史的同时，深深感受到它所表现出的迷人与纯粹的美。

博物馆的许多展区都再现了赛马跑道上的紧张与刺激。当你穿过一排起跑门走进去，听到马蹄的踏地声、赛马骑师的喊声，以及赛马出发时人们的喊声，你会立刻感到赛马场上特有的兴奋。

兴奋的焦点之一就是跑道本身。那里有现场的工作人员和赞助商、同注分彩赌马系统和全国各地赛马跑道的具体信息。在展示有关赛前鞍具着装的地方，你可以看到一个与实物同等大小的骑着马执行任务的职业赛马骑师的模型，彩色绸制赛马服，马鞍，马靴及马鞭。此外，展品中还有赛马节目单、赌马票、礼品和华贵的艺术收藏品。

美国的赛马运动可以追溯到 1665 年，当时纽约的英国总督在长岛铺设了第一条赛马跑道，这标志着美国赛马运动的诞生。美国的英纯血马比赛的创始人是帝奥莫德（Diomed），他在1798年从英国来到了美国。而在南北战争结束后，这项运动发生了一些变化。强调耐力的马赛逐渐失宠了，取而代之的是强调速度的短距离赛马。此外，赛马的重心也从南方向北转移到了纽约，赛马运动也逐渐成了一项广受欢迎的娱乐活动。

博物馆中还有一些展品介绍了马匹自身的情况。一具保持着奔跑姿势的马的骨骼向人们展示了完美赛马的英姿，一些著名赛马的家谱表明了它们和英国纯种马之间的关系，而一组照片则向我们讲述了一匹马驹儿出生和成长的故事。

在另一间展厅里展出的奖章上，刻着二百五十余位被吸收入名人堂的名人的名字，展室的四周还展出了七十多套绸制赛马运动服，其中有些衣服的历史可以追溯到内战以前。通过这里的录像装置，你还能对自己所崇拜的名人的详细情况做进一步的了解。

艺术作品是该博物馆展品的另一个重要组成部分。这其中有爱德华·特洛伊（Edward Troye）的绘画，他是早期的一位著名画家，马是他作品表现的主要题材。一匹曾参加过两年比赛的深受人们喜爱的赛马"军舰"（Man-O'-War）的肖像和一些著名人物的画像并排挂在一起。此外，在这里还随处可见小的青铜铸像和雕像。

到这里参观，有一部名为"崇尚赛马的美国"（Race American）的影片是不能不看的。这部影片将"英纯血马一生的故事"和"在赛马中一天的历程"两个故事的主题融合在一起，再经过艾伦·科普兰（Aaron Copland）的音乐的烘托，构成了对赛马运动的极好的颂扬。

开放时间：周一至周六，上午10：00—下午4：30；

周日，上午12：00—下午4：30；

赛马季节(每年7月第三周至8月结束),

上午9:00—下午5:00;

复活节、感恩节、圣诞节、新年闭馆。

门　　票:成人3美元;老年人和学生2美元;5岁以下
　　　　儿童免费。

地　　址:Union Avenue Saratoga Springs,New York 12866
　　　　(美国,纽约.萨拉托加.斯普林斯,联邦大道,
　　　　12866)

电　　话:5185840400

博物馆和名人堂标志

肯塔基赛马会博物馆
（**The Kentucky Derby Museum**）

肯塔基赛马会虽然只在每年 5 月的第一个星期六举行,但你可以在一年中的任何一天通过肯塔基赛马博物馆中的一幅 360 度全景活动画面感受到赛马会的热烈气氛。这里是一个英纯血马赛马运动的殿堂,同时也是世界上最大的马科动物博物馆。

这座博物馆建于 1985 年,耗资 750 万美元。对于赛马运动爱好者来说,这里有着巨大的吸引力,即使是看赛马感到紧张的人,也会发现这里是个非常有趣的地方。博物馆位于肯塔基赛马会所在地——路易斯维尔丘吉尔·唐斯（Churchill Downs Louisville Kentucky）,它会使你领略到著名的赛马运动中产生的全部兴奋,人称"运动会中最伟大的两分钟"。

在博物馆诸多展示中最受欢迎的是模拟"最大的赛马会"的颁奖仪式。当你站在 360 度全景活动演示图的中心时,面对 96 台放映机播放的高保真画面和音乐,你可以清楚地听到雷鸣般的马蹄声,感受到现场的紧张与刺激。这部长度为 13 分钟的影片每隔半小时播放一次,且每年都会更新。

馆中除了有许多定期更换的展品外,还有大量与赛马有关的录像、工艺品、纪念品和美术作品。通过一些资料片和实物,你能了解到赛马运动开展初期美国黑人骑师所取得的辉煌成就,比如关于 19 世纪晚期的职业驯马师艾萨克·墨菲的事迹。墨菲一直被认为是美国最伟大的职业驯马师之一。所有这些都将有助于你进一步了解"英纯血马"竞赛这项运动。

在了解赛马历史的同时,你还能学习到关于纯种马的谱系的知识,玩玩儿赛马会难题比赛之类的游戏,或者通过由计算机控制的模拟赛马来试一下自己的赌马技巧和运气。

如果天气允许,你还可以在导游的带领下参观一下丘吉尔·唐斯——美国最具传奇色彩的跑道。自1875年以来每年的肯塔基赛马会都在这里举行,这是美国最古老的连续工作的"英纯血马"跑道。当不举办赛马会时,这里就被用来举办汽车、摩托车、甚至飞机的比赛。

参观中必不可少的一项内容就是在赛马会的饮食摊吃一顿午餐。在这里你可以品尝到肯塔基赛马会上的各种传统美食,比如一杯薄荷朱利酒、一碗浓稠的燕麦片粥、一个"热狗"(Hot Brown)和一种由巧克力、炸土豆片、山核桃、波旁饼构成的甜点。天气晴朗时,你也可以到外面的橡树街(Oaks Terrace)去吃饭,不过在饭前最好先在博物馆中职业骑师用的秤上称一下自己的体重。

开放时间:白天,上午9:00—下午5:00;

感恩节、圣诞节、欧克斯赛马节(赛马节前一天)和赛马节(5月第一个星期六)闭馆。

门　　票:5岁以下儿童免费;5—12岁儿童1.5美元;成人4美元;55岁以上老人3美元。

地　　址:704 Central Avenue Louisville,Kentucky 40201（美国,肯塔基州,路易斯维尔,中央大道204号,40201）

电　　话:5026377097

传　　真:5026365855

KENTUCKY DERBY MUSEUM

博物馆馆徽

快步马博物馆公司
（Trotting Horse Museum Inc.）
和快步动物名人堂
（Hall of Fame of the Trotter）

为纪念快步马（标准竞赛用马）和挽车赛马运动的这座殿堂之所以设在纽约小镇歌珊地（Goshen New York），是有其历史根源的。早在 1788 年，一匹来自英国的名为信使的马就被饲养在这里，这匹马的第三代，汉勃尔顿尼亚（Hambletonian）也于 1849 年出生在这里。这是一匹身体强壮的种马，它的名字就是为了纪念挽车赛马运动中所有最出名的马而取的，它那所谓的"快步颠簸"意味着臀部高于胸部，而这样的体型正是快速奔跑的保障。这匹马一生都被用于培育后代，它的繁殖能力很强，共留下 1331 个后代，以至今天美国几乎所有的标准竞赛赛马的祖先都可上溯到它这里。

1913 年，在饲养过"信使"（Messenger）的地方建造了一个都铎式的马厩，1951 年时又在原址上建造了博物馆和名人堂，最初的马厩、马具房、厩楼、干草铡槽都成了展品。这些展品解释了挽车赛马是一种什么样的运动，以及这些年来这项运动是如何发展起来的。

走进博物馆，你首先了解到的就是挽车赛马运动的基本知识。你可以看到专门训练马的步法的人能使马以一种不同寻常的方式向前奔跑。此外，你还能看到不同时期的马车，从农民使用的原始马车到后来的木制双轮单座马车,后一种马车的发明开创了挽车赛马的新时代。1897 年,一匹名为"指极星"(Star Pointer)的赛马首次架车以两分钟跑完了一英里。

最受欢迎的展品之一是夺得过世界冠军的大赛马丹·伯奇(Dan Patch)的仿真模型。它的名字因被附在各种产品上而变得家喻户晓,而在 20 世纪晚期,每当这匹马出现在露天马戏场上,都能吸引大量观众的目光。

其他展品包括,一些夺得挽车赛马赛冠军的双轮单座马车车身和敞篷车、夺得冠军的马匹使用过的大小形状各异的马蹄铁,以及各种与马有关的模型、绘画、玩具等。

在 19 世纪末,美国出现了一股"快步动物热",当时共建造了1000 多条跑道。而小镇歌珊地的那条跑道建于 1838 年,这是一条具有历史意义的跑道,它是世界上最古老的快步动物跑道和美国第一个运动场所。现在,这里已被作为历史纪念物保护了起来。

这座名人堂的另一个独特之处在于,那些应征者的荣誉不是通过奖章和照片来表现的,而是通过一个 14 英寸左右的小雕像。雕像使他们永远"处于运动之中",永远从事着使他们获得荣誉的事业。

　　　　开放时间:星期一至星期六,上午 10:00—下午 5:00;
　　　　　　　　星期天和节假日,中午 12:00—下午 5:00。

门　　票:2 美元。

地　　址:240 Main Street Goshen, New York 10924(美
　　　　　国,纽约,歌珊地缅因街 240 号,10924)

电　　话:(914)294 – 6330

传　　真:(914)294 – 3463

名人堂标志

美国夸特马传统中心和博物馆
（The American Ouarter Horse Heritage
Center and Museum）

美国夸特马以其在四分之一英里赛马中的快速冲刺而闻名，当地人也称其为"美国最快的运动员"。它是世界上最受欢迎的马种之一，它的多用途性从以下事实可以得到证明：它不仅用于赛马场，也用于牧场，以及牧马骑术表演场和马戏团的圆形表演场。

在你正式参观这座博物馆之前，应该先到美国马剧院，通过那里的一些历史照片和电影对夸特马这一马种进行一番初步了解。在美国西部，人们给这种小巧强健的马起了各种名称：具有很强耐久力的夸特马被称为"永久牌马"，一种有着特殊优雅风度的马叫做"星期日马"（Sunday Horse），牧场上最好的马叫"尖子马"（Top Horse）或托披斯（Topees）；难以驾御的马则被称作"流氓"、"坏演员"或"叛徒"，劣等马就被叫做"废物"和"赌赛物"。而这些不同的称谓，很好地反映了人们对马的喜爱。

这座两层楼的博物馆位于德克萨斯州阿马利罗（Amarillo Texas）。博物馆内设若干陈列室，每个陈列室都有自己的展览主题。例如：传统陈列室中的展品向人们讲述了"美国马"的起源、特征，在漫长的赛马演进过程中的地位和在西部牧场上的作用。通过马的仿真模型，真实的骨架和一些文字图片，说明了美国夸特马与其他马种之间的区别。

表演陈列室中的展品则向我们展示了这种马在不同场合扮演

的角色。其中最能令人产生联想的展品就是1959年全美第一次未来比赛（世界上最富有的美国夸特马大赛）中使用过的起跑门。那次比赛中夺冠的马和驯马师的模型被摆放在起跑门的中间位置，观众则可以骑上位于起跑门中最外边一匹模型马，想象一下骏马在赛道上狂奔的情景，感受一番职业骑师眼中的景象。这里还有关于现代表演项目的详细资料，你可以坐在一具真正的马鞍上，观看赛马的比赛录相。

美国夸特马名人堂也设在表演陈列室中，这里新近又增添了两件互动设备。利用触摸屏计算机系统，你可以查阅有关名人堂的入选者（人或马）的详细资料。到目前为止，共有54位男士、4位女士和23匹马被选入名人堂，受到表彰。

在娱乐陈列室内，你可以了解到一些著名马主的情况，从而学习一些鉴别马的优劣的知识。此外，这里还介绍了美国青年夸特马协会组织的相关活动，通过一个驯马师的模型，你可以看到该协会的会员使用的各种装备；而广播中则提供如何购买和照顾马匹的建议。

在传统中心自己的图书馆中，收藏了全美国有关马的各种图书。通过一台计算机终端设备，你还能获得美国夸特马协会的档案资料和名马的谱系。

博物馆的户外表演区还定期举办美国夸特马展示活动，届时将有漂亮的骏马出现在观众眼前。

开放时间：5月至8月，星期一至星期六，上午9：00—下午5：00；

星期日，中午12：00—下午5：00；

9月至4月，星期二至星期六，上午10：00—下午5：00；

感恩节,圣诞节和新年闭馆。

门　　票:不足 6 岁者免费;6 岁至 18 岁 2.5 美元;成人
　　　　4 美元;55 岁以上老人 3.5 美元。

地　　址:2601 I－40 East Amarillo,Texas 79104(美国,
　　　　德克萨斯州,阿马利罗,1－40 东 2601 号,
　　　　79104)

电　　话:8063265181

电　　传:8063261005

美国夸特马形象

美国驯马博物馆
(The American Saddle Horse Museum)

提起马,人们自然就会联想到肯塔基。肯塔基和马几乎是同义语,特别是谈到美国消遣用马——这个州唯一的本地马种时更是如此。

在这个位于肯塔基州列克星顿(Lexington Kentucky)的博物馆中,详细介绍了美国消遣用马的历史,以及这种马从不可或缺的劳动力、崎岖小路上的交通工具到现代展览用马的身份转变的过程。

走进博物馆,迎面看见的是一尊与实物相等的马的雕像,上面刻着它的名字——秀普瑞姆·苏丹(Supreme Sultan)。这是现代美国消遣用马中最有名的马之一。随后你会穿过一条“消遣用马步行道”,在步行道的砖头上刻满了马迷们所喜爱的马的名字。进入展厅,那里的多媒体演示设备将向你介绍有关这种马的动物学知识和夺得过世界冠军的马的相关情况。

通过丰富多采的展品和三维动画演示,这种著名的马和著名的美国骑师被展现在观众眼前。展品中包括实物模型、图片、照片和许多工艺品及纪念品。比如,装备了精美马具的与实物相同的马,和经过专门训练、能以五种优美的步法行进的马的模型,罗伯特·E·李和他喜爱的马的照片等等。在一件名为“正好适合你的马”的展品面前,你可以看到自己正骑在这样一匹漂亮的马的马背上。而展厅中的录像设备则能帮助你回忆起自1917年至今的赛马冠军的姓名。

1995年的年度展品以博物馆经过广泛收集而得到的绘画、雕塑、做工精美的实用物品为主,其中包括马鞭、笞条、青铜和银制的礼品,甚至还有用著名冠军的鞋制成的装饰品。

位于博物馆内的美国职业骑手联合会名人堂则对著名驯马师进行了表彰,他们的名字被刻在奖章上。通过剪贴簿,你可以找到有关他们所取得的成就的详细资料。

经过参观,可能会使你渴望拥有一匹属于自己的马,或者是想要掌握骑马技术,那么你可以通过博物馆内的计算机找到你所在的州能帮助你实现愿望的适当的地方。

开放时间:阵亡将士纪念日—劳工节,每天上午9:00—下午6:00;

劳工节—阵亡将士纪念日,每天上午9:00—下午5:00(11月至3月期间,每逢周一、周二闭馆);

感恩节前夕、感恩节、12月24日、25日、31日和1月1日闭馆。

门　　票:不足7岁者免费;7—12岁儿童2美元;成人3美元;老人2.5美元。

地　　址:4093 Iron Works Pike Lexington, Kentucky 40511(美国,肯塔基,列克星顿,铁厂大道4093号,40511)

电　　话:6062592746

驯马表演

博物馆外观

博物馆的展览

博物馆的纪念品商店

萨拉托加挽车赛马运动博物馆和名人堂
(Saratoga Harness Racing Museum and Hall of Fame)

挽车赛马是最早的允许男女驾车者一起参加并公平竞争的运动项目之一。20 世纪 80 年代初,在萨拉托加的马车赛道上曾举办过一次特殊的对抗赛,最优秀的女驾车者被邀请同最优秀的男驾车者进行较量。最终,女选手取得了胜利。

萨拉托加挽车赛马有着悠久的历史,最早的比赛可以追溯到 1847 年。今天,在古老的哈德逊河河谷之镇,人们仍对这项运动怀着巨大的热情。

萨拉托加挽车赛马运动博物馆和名人堂建于 1981 年,地点在纽约萨拉托加斯普林斯(Saratoga Springs New York),1983 年正式对外开放。与纽约歌珊地快步马博物馆和名人堂相比,萨拉托加的博物馆将展览的重心放在了本地区的比赛上。

在这个位于旧比赛场地上的博物馆里,你可以了解到关于本地开展挽车赛马运动的全部情况。展出的展品中,有一匹由压缩纸板制成的非常逼真的赛马,它被套在一辆双轮单座赛车上,随时准备出赛。这件精美的展品几十年来一直是馆中一道诱人的景观。这里还有许多精美的马车车辆展品,从早期的木制高轮车到现代的金属双轮单座车,完整地展示了过去 150 年来赛马马车技术发展的历程。

馆内的展品还包括许多制造马具用的工具,有些是 20 世纪初移民到美国的工匠们使用过的。这些工具历经几代人之手,记录了马具制作工艺的发展历程,直到今天成为博物馆的一部分。这其中就有雷·史密斯(Ray Smith)曾经使用的锻铁炉。史密斯先生如今是博物馆库房负责人,有着丰富的挽车赛马运动知识。在马蹄铁工匠短缺的年代,每到星期天,他都要往返于康涅克蒂克、纽约和新泽西三地之间为赛马钉新的马蹄铁。

除了各种精美的马具收藏品之外,这里还有一件珍稀的展品——由马蹄铁和各种马具零件组成的一条长凳。过去,每当比赛开始前,赛手们都会在这条长凳上坐一会儿,默默期盼着好运的来临。现在,人们只记得这条有着90多年历史的长凳的制造者是聪明的阿尔(Clerer Al)。

自1891年以来,每年都有两名骑师和两匹马被吸收入名人堂,他们的名字被刻在墙上的一个大奖章上。此外,名人堂还会颁发一些特殊的奖品,用以表彰那些为这项运动提供服务和拥护支持该运动的人士和机构。图书馆内还收藏了大量19世纪初期有关挽车赛马运动的图书和杂志,以及反映大型比赛盛况的录像。

除了参观馆内的藏品,游客还可以到馆外搭乘一辆有轨电车,沿着赛场的跑道参观,看看马蹄铁工匠车间和马厩,重温一番当年赛场的热闹与繁忙。

开放时间:5月至6月,星期四至星期六,上午10:00—下午4:00;

7月至8月,星期二至星期六,上午10:00—下午4:00;

9月至11月,星期四至星期六,上午10:00—下午4:00。

门　　票:免费。

地　　址:352 Jefferson Street Saratoga springs, New York

12866(美国,纽约,萨拉托加斯普林斯,杰弗逊大街352号,12866)

电　　话:5185874210

博物馆和名人堂外观

国际赛车运动名人堂

（The International Motorsports Hall of Fame）

也许你只把汽车看作是一种交通工具，但如果你参观过国际赛车运动名人堂，你的想法就会发生变化。你会发现：自从这个世界与汽车结下不解之缘以来，人们就一直在关注着赛车运动，关注着参赛的车手和汽车，并为此兴奋和疯狂。

国际赛车运动名人堂位于亚拉巴马州的塔拉德加（Talladega Alabama），紧邻世界上最快的封闭式赛车道——亚拉巴马塔拉德加超速赛车道，这条超速赛车道是温斯顿（Winston）500 选拔赛和代哈德（Diehard）500 大赛的所在地。1983 年，名人堂正式对外开放。这里有一百多辆各个时期、各种型号的汽车，其总价值超过五千万美元。

名人堂由数座大楼组成。其中三座楼都带有巨大的展厅，展厅中展出了大批赛车和各种纪念品，时间最早的可追溯到 1902 年。走进代顿纳（Daytone）展厅，你就来到了高速中型汽车的世界。这里展出的全是马力强大的汽车，如亚拉巴马公路巡逻队使用的 1972 年生产的 AMC Javelin 牌汽车，1970 年生产的 Dodge Cvhallenger RT 牌汽车和 1963 年生产的 Corveffe Spht Window Coape 牌汽车。而在国际展厅（the International Room）内，最引人注目的展品之一是 1983 年温斯顿 500 大赛（Winston 500）中使用过的两辆汽车。这两辆车在比赛中意外地发生了激烈碰撞，令人惊异的是，只有一个车手受了轻伤。

Unocal76 楼有一件最受欢迎的展品:巴德威夕火箭式汽车(Budweiser Rocket Car),它的外形像一枚装在车轮上的火箭。这是世界上第一辆突破声速的汽车,1979 年 12 月 17 日,在爱德华兹空军基地(Edwords Air Force Base),它创造了时速 739.6 英里的纪录。

另一座圆形大楼是名人堂的所在地。在六十多位入选的名人中包括麦尔科·堪培贝爵士(Sir Malcolm Campell)、胡安·马纽尔·方吉奥(Juan Mannel Fangio)、恩卓·费拉里(Enzo Ferrari)、李·培蒂(Lee Petty)、卡洛尔·谢尔拜(Carrlol Shelby)、斯特林·谟思(Sterling Moss)、爱迪·星肯贝克(Eddie Richanbacher)和卡尔·亚博诺(Cale yarborrough)等众多赛车界名人。展览重点介绍了它们的赛车经历,并展示了他们获得的奖品和使用过的赛车,里面有几乎 60 位名人堂会员的奖励品,他们包括了汽车赛中的名人,例如,平均时速达 186.2 英里的福特雷鸟(Ford Thunderbird)赛车;演员基恩·黑客曼(Gene Hackman)进行速度比赛时用过的 VW GTL 型车和已故乡村歌星马丁·罗宾斯(Marty Robbins)捐赠给名人堂的车;李·培蒂(Lee Petty)驱车前往代顿纳(Dagtona)时用的 1936 年产的 Chevj Coupe 型车;还有理查德(Richard)的 STP Dodge Charger 牌汽车,这辆车曾经在比赛中取得过 31 次胜利,其中有三次胜利是在代顿纳。这里展出的参加过 1919 年印第安纳波利斯 500 大赛的一辆当年产的 Ford Cacer 汽车不仅用于展览,而且还经常被开出去兜风。此外,你还会看到一辆 1953 年产的哈德逊大黄蜂短途赛车(Hardson Hornet Sprint Car),一辆 1956 年产的 Stndebaher Novi Racer 型车和一辆 1957 年产的“绿鬼”(Green Monsker),这是当时第一辆能在 1/4 英里内加速到时速 150 英里车,它采用了亚里逊(Allison)V12 型发动机,功率高达

1450 马力,可以为飞机提供动力。这辆车全长 20 英尺,重达 2吨,采用军用坦克离合器驱动前后轮。

1992 年,在一栋单独的大楼内又增设了一个研究性图书馆。它的计算机系统储存了参加过印第安纳温斯顿杯(Winston Cup)F1(Formula 1)方程赛车、减重短程高速汽车和摩托车(Drag and Motorcgcle)竞赛的每一位车手的档案材料。

除了作为国际赛车运动名人堂外,这里同时还是其他 5 个名人堂的所在地。它们是:亚拉巴马体育作家名人堂、美国汽车赛俱乐部国家冠军名人堂、美国四分之一小型汽车赛名人堂、西方汽车机械名人堂、世界微型单座汽车赛名人堂。对每一个热心赛车运动的人来说,这里绝对是他们放松休闲的最佳场所。

开放时间:每天上午9:00—下午5:00;

　　　　　　复活节上午、感恩节和圣诞节不开放;在塔拉

　　　　　　德加赛车周期间延长开放时间。

门　　票:不足7岁者免费;7至17岁学生6美元;成人

　　　　　　7美元。

地　　址:Speedway Boulevard Talladega, Alabama 35160

　　　　　　(美国,亚拉巴马州,塔拉德加,高速车道街

　　　　　　(Speedway Boulevard),35160)

电　　话:(205)362－5002

服　　务:礼品店,免费停车,附近有餐馆。

因特网址:http://www.motorsporthalloffame.com

名人堂标志

印有名人堂标志的纪念品

名人堂内的展品

名人堂
内的展品

名人堂内的展品

国家短距离赛车名人堂和博物馆
(The National Sprint Car Hall of Fame & Museum)

最近几年,依阿华州的马里奥县更加出名了,这除了因为它是世界上最快的短距离赛车道之一——富有传奇色彩的诺克斯维尔赛车道的所在地以外,还因为它紧邻着麦迪逊县,就是那部由畅销书改编的同名电影《廊桥遗梦》的故事发生地。

美国国家短距离赛车名人堂和博物馆就设在这里。每年 6 月的第二个周末,这里会举行一年一度的入会仪式,届时,会举办一项特别的比赛以示庆祝。参加这项比赛的都是年过 50 驾车"老手",他们当中的许多人在今天的年轻车手还没出生前就已经开始在这里赛车了,比赛会重新唤起他们对昔日驾车奔驰在赛场上的美好回忆。

短距离赛车运动始于 20 世纪初期,早期的赛车都将车轮完全暴露在外。经过几十年的发展演变,它们逐渐形成了今天的样子。现在,这些技术先进的七百多马力的机器在造型上仍保持着最初的简约风格,保持着最初所创造的那种美感。

于 1992 年正式对外开放的佩拉公司国家短距离赛车名人堂(The Pella Corporation National Sprint Car Hall of Fame),就设在唐纳德·兰伯狄国家短距离赛车博物馆(The Donald Lamberti National Sprint Car Museum)内,专门用于保存和展示赛车运动的历史。这是一座 4 层大楼,人称马里恩无障碍塔,它赫然耸立在诺克斯维尔赛车道旁。最上面的两层楼设有 20 个空中包厢,视野广阔,从中可以看到下面半英里长的赛车道。每年4月中旬到9月中旬,一些重要人物会来这里观看星期六晚上举行的时速超过120英里的汽车比赛。而对普通观众来说,就只好在可容纳17500个座位的大看台上凑合着观看比赛了。

在剩下的两层楼中,陈列着24辆经过修复的短距离赛车和根据短距离赛车制造的第一批相同类型的车,除了短距离赛车以外,这里还展出了"大车"和超级改进型车。展品中还包括有关赛车运动和名人堂中名人的礼品、绘画、照片、奖章、头盔、工艺品和其它纪念品。

名人堂区对在赛车运动中有杰出成就的人进行了表彰,并按车手、车主、机械师、赞助人、支持者、媒体对他们进行了分类。被表彰者取得的奖章以及他们所获得的成就也同时展出。在受表彰的人中有一位名叫A·J·佛伊特(Foyt),他在从事其它运动之前,曾是这项赛车运动中的风云人物,在这条多尘的赛道上起着决定性的作用。同样为名人堂中的名人,阿德尔贝特·"德勃"·史尼德尔(Adelbert "Deb" Snyder),也许可算是那些具有冒险精神的车手中的代表人物。早在少年时期,他就经常潜入俄亥俄州的阿克伦(AKRON)赛车场观看训练和比赛。有一次当他正被警察往外赶时,阿瑟·彻沃洛勒特(Arthur Chevrolet)"救"了他,阿瑟说,这小伙子是他车队里的人。从那以后,每当有可能时,他都会跟随这个车队。德勃第一次参加比赛是1933年。在他22年的职业赛车生涯中,他共赢得了将近200场比赛的胜利,其中还有两次全国冠军,并创造了87项个人成绩记录,两次打破世界记录。

开放时间:周一至周五上午10:00—下午6:00;

周六上午10:00—下午5:00;

星期天中午12:00—下午5:00;

感恩节和圣诞节不开放。

门　　票：不足 5 岁者免费；成人 3 美元：学生和老人 2
　　　　美元。

地　　址：One Sprint Capital Place Knoxville, Iowa 50138
　　　　　－0542（美国，依阿华州，诺克斯维尔 1 号短
　　　　　距离赛车重地，50138－0542）

电　　话：1（800）874－4488 或（515）842－6176

电　　传：（515）842－6177

因特网址：http://www. sprintcarhof. com

博物馆标志

名人堂和博
物馆的纪念品

名人堂和博
物馆的纪念品

名人堂和博物
馆陈列的宣传品

印有短距离赛车图案的文化衫

国家摩托车博物馆和名人堂
(National motorcycle Museum and Hall of Fame)

在不少人看来,南达科他州的斯特吉斯(Sturgis, South Dako-ta)或许是个令人奇怪的地方,因为它不是一个典型的摩托车制造和开发中心,但却是美国国家摩托车博物馆和名人堂的所在地。

事实上,早在1938年,J·C"佩比"霍依尔("Pappy"Hoel)就在斯特吉斯市这个地方组织了第一次正式的摩托车赛,即黑山摩托车经典赛。它是今天"所有各类汽车大赛的鼻祖"。从此以后,这里每年8月都会举行比赛(第二次世界大战期间的二年除外)。现在,赛会的组织者已经将比赛日程安排到了2004年。这充分表明,人们对这种经典的汽车赛的未来充满了信心。

在等待那些即将来临的比赛的同时,你有足够的时间,可以先在斯特吉斯的名人堂和博物馆内仔细了解摩托车赛的历史。这个名人堂和博物馆建立于1990年,里面保存并展示了入选的男女名人和他们的摩托车的历史。

博物馆就像一架神奇的时间机器,能带你穿越时空,回到过去,回到摩托车盛行的年代。这里有一辆1907年产的哈里-戴维森(Harley-Davidson)牌的摩托车,被人称为"摩托车中的蒙娜丽莎"(Mona Liza of Motocycles)。它是1993年租来的,价值约合人民币14万元,是拍卖过的最贵的一辆摩托车。它和许多其它老式摩托车都是从德克萨斯州、休斯敦的竞赛用摩托车公司租借来博物馆展出的。博物馆的展品中包括了亚利伊勒(Raiel)、哈利一戴维森(Harley－Davidson)、皇家埃菲尔德(Royal Enfield)、BSA、胜利(Triumph)、诺顿(norton)、特优(Exeelsior)和其它品牌的摩托车,同时还展出了那些曾经为摩托车运动发展到今天的水平做出过贡献的男女人士的照片和纪念品。到1995年时,名人堂共吸收了21位成员,包括摩托车"运动中的第一位女士"多狄·罗宾逊(Dot Robinson)。

开放时间:每天上午9:00—下午6:00;
　　　　　圣诞节闭馆。

门　　票:12岁以下的儿童免费;成人3美元;老人2美元。

地　　址:2438 South Junction Avenue Sturgis,South Dakota 57785(美国,南达科他州,斯特吉斯,南交道口大街2438号,57785)

电　　话:(605)347－4875

传　　真:(605)347－4986

博物馆和名人堂的标志

馆内展出的摩托车

博物馆和名人堂的展览

博物馆和名人堂的展览

美国全国赛车运动
名人堂和乔·威萨利博物馆
（National Motorsports Press of Amerlca
（Stock Car Hall of Fame ／Joe Weatherly Museum）

这个名人堂和博物馆会把你带回到汽车比赛的黄金年代。这里是纪念那些为美国汽车运动出过力的人们的殿堂。是他们使汽车比赛达到了今天的水平，并使之成为美国发展最快的运动项目之一。名人堂建在南卡莱罗纳达林顿（Darlington South Carolina）。这个只有7300人的小镇是美国两个大型赛车项目的所在地，它们分别是3月份举行的"特拉恩斯南500赛"（Tians South 500）和劳工节期间举行的"赫恩茨南500赛"（Heinz South 500）。

作为一名赛车冠军，乔·威萨利（Joe Weatherly）很早就梦想在达林顿建立一座与赛车有关的名人堂和博物馆，1964年他英年早逝之后，达林顿赛车道主席波朴·科尔文（Bob Colvin）最终替他实现了这一遗愿。1965年，博物馆正式开放。

博物馆内收藏了16辆具有历史意义的汽车，其中有1957年产的崭新的雪佛兰牌汽车（Chevront），波布·威尔崩（Bob Welborn）曾驾驶这种汽车两次获得1957和1958年度美国全国汽车比赛协会（Nascar）折篷汽车赛冠军；有约翰尼曼茨驾驶的1950年产的普利茅斯（Plymouth）牌汽车，他曾赢得过1950年达林顿第一次"南方500赛"冠军；以及赫波·汤姆斯驾驶的1951年产的哈德逊牌车，他赢得过第二次"南方500"赛冠军。此外，你还会看到戴维·波斯恩（Devid Pearson）驾驶过的"水星"（Mevucry）牌汽车，他在1973年举行的18个州的分站比赛中，赢得过其中10次比赛的胜利。达雷尔·华尔特利普（Darrel Waltrip）驾驶过的1991年产的"雪佛兰"牌汽车也在展品之列，这辆车在代顿纳百事（Pepsi）赛中遭到了严重破坏。博物馆还收藏有汽车发动机，各种参赛展品和其他具有历史意义的物品，包括一些疯狂的车迷在赛前非法从车上拆下的零部件。

　　除老式汽车外，汽车名人堂还表彰了赛车运动的先驱者，并为每个人配备了一个展览盒，通过视听演示介绍他们的成就。此外，还有一个剧院，在这里你可以看名人堂中所有名人的录像。

　　开放时间：每天上午8:30—下午5:00；感恩节和圣诞节不开放。

　　门　　票：成人3美元；在成人带领下不足12岁者免费。

　　地　　址：P. O. Box 500 Darlington, South Carolina 29532（美国，南卡莱罗纳州达林顿，邮箱500，29532）

　　电　　话：(803)3958821

名人堂和博物馆内展出的赛车

名人堂和博物馆展出的赛车模型

名人堂和博物馆展示的赛车手形象

美国赛车运动博物馆和名人堂

（Motorsports Museum and Hall of Fame of America）

除非你是一个赛车运动的爱好者,否则你绝不可能听说过这个名人堂的所在地——密歇根州的诺维（Novi ,Michgan）。但是,如果你对赛车运动很了解,你就会知道"诺维专车"（Novi Specld）这个名字,它也许是历史上最有名的美国赛车。

"诺维专车"的主人是工业家卢·威尔契（Lew Welch）。从1946 年到 1965 年,这种装备了 V8 发动机和增压器的赛车在赛道上发出的尖叫声,就一直是赛车迷们在印第安纳波利斯 500 大赛中盼望听到的最令人激动的声音。

在这个博物馆里,参观者可以看到波比·安西尔（Bobby Unser）驾驶过的 1965 年生产的费尔谷桑（Fergnson）4 轮驱动型诺维车,还有各种普通汽车、减重高速赛车、参赛卡车、敞篷汽车和曾在各种比赛中获得冠军的赛车以及至今仍保持着各项纪录的赛车,其中包括最快的露天敞蓬汽车。这里总共收藏有 75 辆不同历史时期生产的各式汽车,这些诱人的展品,经常令前来参观的车迷兴奋不已。

在名人堂里,展出了入选的男女名人的青铜半身像和他们各自的经历。到 1995 年,共有 66 位名人在此受到了表彰。他们是分别来自防空赛、摩托车赛、不同时期的各种冠军赛等 9 个领域的人士。

其它诱人的展品还包括一个电视广告塔,上面的电子显示屏在不停地播放各种赛车镜头,各种按特定比例制作的模型车、纪念品、各式赛车运动服、壁画,以及和赛车运动有关的各种艺术品。在一间模拟驾驶游艺室中,车迷们还能直接体验到赛车运动带给人们的各种刺激感受。

这个博物馆还在扩建当中,今后这里会有一个加油站、一个汽车修理房、一个遥控模型车赛道和一个"富视剧院"(Thundervision Theater)。

开放时间:每天上午 10:00—下午 5:00。

门　　票:成人 4 美元;老人和儿童 2 美元。

地　　址:Novi Expo Center Novi,Michigan 48376 – 0194
　　　　　(美国,密歇根州,诺维展览会中心,48376 – 0194)

电　　话:(810)349 – Race

因特网址:http://www. mshf. com

博物馆和名人堂标志

前往博物馆和名人堂路线示意图

博物馆和名人堂内展出的赛车

印第安纳波利斯赛车
名人堂和博物馆
（The Indianapolis Motor Speedway
Hall of Fame and Museum）

作为世界上最大的汽车运动比赛项目之一——印第 500（In-dy 500）汽车大赛的主办地，以及美国最早的汽车赛场所在地，印第安纳州的印地安纳波利斯（Indianapolis, Indiana）与赛车运动有着密切联系。关于这一点，当你在位于这里的印第安纳波利斯汽车赛名人堂博物馆中参观，面对那些与赛车有关的丰富多彩的展品流连忘返时，你就会对此有更深的体会。

这座名人堂创建于 1952 年，里面长久保存着对汽车赛和汽车工业中那些杰出人物的记忆，并对那些为这项运动做出过贡献的男女人士进行表彰，他们的名字与一切尚健在的会员的相片一起，刻写在那些永久性的纪念品上。

博物馆内最令人激动的展品是那 75 辆不同时期的赛车。这些经过仔细整修的汽车不但包括享誉世界的赛车运动会的汽车，还包括了三十多辆印第 500（Indy 500）大赛的获胜汽车，其中就有第一次比赛的获胜车——雷哈伦的猛马·黄蜂（Marmen Wasp），它以平均每小时 74.6 英里的速度跑完了 500 英里。而最近获胜的赛车之一中有阿莱·鲁易恩戴克的多米诺罗纳彻维（Arie Luy-endyk's Domino's Lola Chevy），在 1990 年的比赛中，他以每小时 185.981 英里的速度驾车跑完了全程，赢得了最快的印第 500 赛冠军。其他获胜的赛车中有法国勒芒(Le Mans)国际汽车大奖赛的参赛汽车、短距离赛车和小型赛车比赛用车、山地变速车以及若干辆美国全国汽车比赛协会(Nascar)的比赛用车,这些是新近补充进来的。实际上,该博物馆收藏的汽车数量是它展出汽车量的两倍多,这些丰富的收藏为你每次都能看到新的展品提供了保证。让年青人真正能领略到赛车的"往昔"(olden days)风采的是双座赛车,这种车其中一个座位是供副驾驶使用的,他的主要职责是给车加油,并完成其他一些必要的工作。除了汽车以外,这里还展出汽车发动机,展品中包括从早期的最简单的机器到今天的高科技产品,使我们能够充分了解汽车发动机的发展与演变。

其他与车赛有关的展品还有头盔、手套和壳盖这类东西。此外,博物馆还收藏了许多经典招贴画和大量各式艺术品。一张引人注目的老相片反映了了艾戴·雷肯拜可(Eddie Rickenbacker)在 1914 年参加比赛时,坐在他驾驶的杜森堡(Dnesenberg)生产的汽车上的情景。值得一提的是,第一次世界大战中的空军王牌飞行员们在 1927 年到 1945 期间,还曾于印第安纳波利斯赛车跑道上完成飞行起降任务。

在托尼·哈尔曼剧院(Tony Hurman Theatre),你可以看一场30 分钟的精彩的电影,内容是反映过去几年中的大型车赛盛况的。

印第安纳波利斯能成为这个名人堂的首选之地,不仅仅是因为这里举行有名的印第 500 汽车赛,更重要的是因为新兴的美国汽车工业是从这里起步的。印第安纳波利斯汽车赛道是"Prest - o - Life"这一产品的开发商卡尔·G·费希尔(Carl G Fishes)和他的另外三位商业伙伴在 1909 年专为供当地厂家试车而建立的,是一个"很大的汽车工业户外实验室"。

汽车上的几乎所有零部件,包括后视镜、座椅安全带、高压缩发动机、四轮制动器、实验燃料、润滑油、前轮和四轮驱动系统、低压轮胎、增压器、空气动力设计和水压减震器等的改进和革新都可以到汽车赛道上去进行实地检验。

在1909年的第一次使用中,那个2.5英里长的长方形跑道表面的石块和柏油就碎裂了,于是人们用一个由320万块砖构成的砖制路面取代了它,这条赛车道也因此得名"砖场"(The Brichya-sd)。到1911年,第一次500英里汽车比赛就在这里举行。从那以后,除了第二次世界大战期间,这里每年都会举行比赛。1995年的印第500大赛曾吸引了大约35万名观众,有33位车手参加了比赛,奖金总额超过75万美元。开始时,这条汽车赛道每年只举办一次比赛,但是在1993年时,汽车赛主席托尼·哈尔曼·乔治和美国全国汽车比赛协会主席比尔·弗朗斯(Bill France)达成协议,将一系列受欢迎的汽车比赛也放在"砖场"举行。这些比赛受到了热烈欢迎,以致第二次"砖场400英里赛"就安排在1995年8月举行了。

开放时间:5月,每天上午9:00—下午6:00;

6月至4月,每天上午9:00—下午5:00;

圣诞节不开放。

门　　票:2美元;16岁以下者免费。

地　　址:4790 West 16th Street Indianapolis, Indiana 46222(美国,印第安纳波利斯,印地安纳16街以西4790号,46222)

电　　话:(317)484 – 6700

(317)484 – 6747

因特网址:http://www.brickyard.com

名人堂和博物馆馆徽

名人堂和博物馆外观

名人堂和博物馆内展出的赛车

灰狗名人堂

(The Greyhound Hall of Fame)

灰狗是世界上最古老的犬种之一,其速度极快,能达到每小时45英里。它本身并不是灰颜色的,灰狗只是一种称谓。在美国,灰狗竞赛是第六大吸引观众的运动项目。

设在堪萨斯州阿比列恩(Abilene Kansas)的这个名人堂建于1963年,一条曾经参赛的活泼的大灰狗"德比"会在名人堂的入口处欢迎你。它似乎很喜欢带领你去作一次私人旅行,并很高兴接受你的抚摸和表扬。第一展区是历史部分,通过大量文字说明和图画向人们介绍了灰狗的起源。根据考证,那些最早的有关狗的壁画和绘画在四千多年前就已存在了。比如北非灰狗,就被人们看得十分高贵,甚至允许它骑在骆驼上。而公元前500年希腊硬币上的雕刻和公元前400年一盏油灯上的画像都已经可以算是"现代"作品了。

这里的展品还说明了这种狗的各种谱系和分支,探索了该犬种的发展历程。通过参观,人们会知道,早在16世纪初,英国女王伊丽莎白一世便签署了有关利用灰狗追踪猎物(兔子)的正式规则。

名人堂的"开拓者部分"则重点表彰了那些对这项运动产生过重大影响的人和狗。那些男人、女人和狗的故事被记录在奖章和胶片上。

19世纪晚期,在美国中西部的传统农业区,人们为了对付令人讨厌的长耳大野兔而从英国引进了这种狗。1886 年,在堪萨斯州大本(Great Bend)附近的车恩波托姆斯(Cheyenne Bottoms)举办了美国第一次追猎大会。从那时起,这项运动迅速扩展到了其他州。

其他展品则介绍了机械猎物和赛狗跑道的发展。第一个成功的猎物是一只拴在一辆摩托上的填充兔子;1919 年在加利弗尼亚建成了第一条圆形赛狗跑道,而佛洛里达的圣·彼锝斯堡跑道则是最古老的跑道。

在博物馆中展出的艺术品还包括青铜像、蚀刻施托伊本玻璃、彩色玻璃窗、绘画和海报、以及一些机械赛狗玩具。一部有关灰狗大赛的影片展示了一只小狗从出生到实际参加比赛的全部过程。而由堪萨斯大学自然历史博物馆制作的一具灰狗骷髅则是小孩子最喜欢的展品之一。

如今,阿比列恩赛狗跑道只用于上课和训练。但只要你参观了名人堂,你就会希望到附近的一条赛道上去亲眼看看那些漂亮、美丽的灰狗进行比赛。

开放时间:每天上午9:00—下午8:00;
　　　　　圣诞节、感恩节、新年闭馆。

门　　票:免费。

地　　址:407 South Buckeye Abilene, Kansas 67410(美国,堪萨斯,阿比列恩,南巴克埃 407,67410)

电　　话:9132633000

因特网址:http://www.greyhoundhalloffame.com

名人堂标志

美国全国滑雪运动名人堂

（The United States National Ski Hall of Fame）

　　19 世纪晚期，当来自斯堪的那维亚半岛的移民到以实佩明定居时，他们将滑雪运动也带到了这里。以实佩明在美国密歇根州（Ishpeming Michigan），这里有美国最古老的滑雪俱乐部——以实佩明滑雪俱乐部，组建于 1887 年 1 月 24 日，目前仍在正常开展活动。同时，创建于 1904 年的全美滑雪运动协会也在这里。所以，以实佩明自然也是美国全国滑雪运动名人堂的天然所在地。

　　名人堂建于 1953 年，在著名的滑雪赛道——以实佩明"绝命山"（Shieide Hill）的山脚下。1992 年，名人堂迁入一座新楼。由于它具有一个看上去像跳台滑雪助滑道一样巨大的尖形斜顶，所以当你驾车行驶在苏比利尔湖以南横贯东西的一条大道上时，很容易发现它。

　　美国国家滑雪运动名人堂选择名人时，是以其是否对美国的滑雪运动作出过贡献为标准的，选择范围并不仅限于美国公民。任何人都可以向美国滑雪协会递送一份简历，推举候选人，美国滑雪协会对提名进行初步筛选后，再呈交由 100 人组成的专家小组投票表决。被提名者如获得超过 60% 的选票即可当选，但入选人数每年不能超过 6 名。

　　该名人堂拥有充足的空间展示它所收集到的滑雪史料和工艺品。共有 288 名男女运动员在这里受到表彰。展品中还包括他们的个人勋章，勋章上附有运动员的照片和反映他们成就的传略。

此外,全美滑雪冠军奖杯也在这里展出。

许多入选名人堂的名人都有着动人的传奇故事,托加·托克尔(Torger Tokle)就是其中之一。他曾是历史上最著名的障碍滑雪运动员之一。19 岁时,他从挪威来到美国,在他所参加过的经过批准的 48 项比赛中,共赢得过 42 个冠军。在他赢得"滑雪鲁斯贝波"(The Babe Ruth of Skiing)这一称号的过程中,共创造了 24 项纪录。第二次世界大战期间,他与美国滑雪部队并肩作战,最后牺牲在意大利阿尔卑斯山区的战场上。1959 年,他被正式选入名人堂。其他的名人还包括安德鲁·霍根(Anders Hongen)——1924 年在法国加姆尼克斯(Chamonix)赢得奥林匹克奖的第一个美国人。有意思的是,直到 1974 年,他才发现是自己赢得此项荣誉的。此外,还有查尔斯·"明尼"·多尔(Charles "Minnie" Dole),他建立了全美滑雪巡查制度。

和名人堂设在一起的还有博物馆。它通过滑雪板、滑雪服等实物展示向人们讲述了这项运动的成长和发展历程。一付有 4000 年历史的滑雪板和撑杆的复制品被摆放在入口处,这是在瑞典的泥炭沼泽中出土、由瑞典滑雪协会送给美国滑雪协会的。

在立体模型仿真展区,有与真人相同的古代斯堪的那维亚士兵滑雪战斗的塑像,生动地再现了雪地作战的场景。其他展品中还有:19 世纪 60 年代挪威人桑德·诺赫姆(Sondre Norheim)发明的将鞋固定在滑雪板上的装置,这项发明使斯堪的那维亚半岛和阿尔卑斯山的滑雪运动发生了革命性的变化;反映霍华德·赫德(Howard Head)对以他的名字命名的著名滑雪板的安全性改良的展品;一件第二次世界大战时第十山地滑雪部队的用具;一些反映 20 世纪 30 年代至 80 年代滑雪风格演变的展品;一些关于现代自由式滑雪和冲浪滑雪发展的展品;一部反映美国人滑雪历史的录像和一部讲述残疾滑雪运动员故事的录像。

开放时间：5月中旬至9月，每天上午10：00—下午
　　　　　8：00；

　　　　　10月至5月中旬，每天上午10：00—下午
　　　　　5：00；

　　　　　复活节、感恩节、圣诞节、新年闭馆。

门　　　票：学生1美元；成人3美元；老年人2.5美元。

地　　　址：610 Palms Avenue P. O. Box 191 Ishpeming,
　　　　　Michigan 49849（美国，密歇根州，以实佩明，
　　　　　棕榈大街，邮箱191，49849）

电　　　话：9064856323

因特网址：http://www.skihall.com

名人堂标志

名人堂展厅

名人堂内的雕塑模型

挪威滑雪博物馆
（Norway Ski Museum）

滑雪运动肇始于挪威。几千年前,地近北极圈的挪威人就用原始工具进行滑雪活动。它还是一项古挪威人必须掌握的本领,行军打仗、交通、娱乐均离不开滑雪。公元 1206 年,挪威发生内战,有两名忠于王室的士兵,在敌人围追时,把幼小的国王捆在身上,滑着雪翻山越岭,摆脱了敌人的杀戮。自此,滑雪更为挪威人所重视,这一运动迅速普及。1840 年挪威人诺德里发明了近似现代形式的滑雪板。1886 年,挪威举行了首届滑雪比赛。到了 1898 年,又建立起了每年 2 月的霍尔曼科伦滑雪节,它是全国仅次于“宪法日”的第二大节日,其地点正好是当年士兵抢救小国王的地方。

坐落于挪威首都奥斯陆的滑雪博物馆,忠实地记录着这些传奇般的滑雪历史。博物馆的门前伫立着一座挪威著名探险家南森的雕像。一百多年前,27 岁的南森第一次成功地完成了极地横断滑雪的人类创举,这成为今天滑雪穿过整个极地和把滑雪运动推广及全世界的开端。博物馆中就陈列有这位“近代滑雪之父”及其追随者阿蒙隆捐赠的极地探险的滑雪用品。引人注目的是,阿蒙隆的展品是 1911 年同苏格兰队进行极地远征比赛中的必备品,它们是为获胜立下汗马功劳的雪地帐篷及高速雪橇和滑雪板等,这种陈列为博物馆增添了浓浓地野外生活的气息。

除了挪威辉煌的近代滑雪历史外,馆中还介绍了几千年前的一些滑雪活动,令人惊奇的展品有四千多年前的原始社会游猎民

族绘制的滑雪壁画,弯弯的滑雪板前端,好似两膝前冲的模样,其
形制与现在使用的一些滑雪板极为类似。馆中还有一副滑雪板,
为 2600 年前的实物,它是从拉普兰的沼泽地里挖掘出来的。1994
年利勒哈默尔冬奥会的形象设计显然是受到了这些文物的启发。
馆中除了这些常规滑雪器材外,还特别设有其他展品柜,里面有在
狭窄的雪道上使用的小滑雪板以及在滑雪游戏中用的器具。此
外,博物馆里陈列着挪威最长的滑雪板,长度达 3.74 米,11 公斤
重,充分印证了古时候滑雪者有强健的身体素质这一推测,为研究
滑雪的历史和发展提供了不可多得的实证文物。

咨询地址:Norwegian Olympic Commiffee and Confederation
         of Sports sognsveien 75L NO－0855 Oslo(挪威
         奥委会和体育协会,奥斯陆)

电　　话:4721029000

传　　真:4721029013

因特网址:http://www.nif.idreff.no

1994 年利勒哈默尔
冬奥会的项目标志艺术
地再现了古滑雪板的形象

随处可见的冬奥会项目标志

国家淡水钓鱼名人堂
(National Fresh Water Fishing Hall Fame)

你是否曾经想知道北黄道蟹(Jonah)在那条鲸鱼腹中的感觉如何呢？这里正好是你寻找答案的地方。因为当你探索这个名人堂时，你就处在一条巨大的北美狗鱼腹中，它实有城市里一个街区那么长、五层楼高。其实它不是一条真正的北美狗鱼，尽管有些渔夫信誓旦旦地说从他们手中逃掉的一些北美狗鱼就有那么大。它是1976建成的具有历史意义的雕塑建筑作品，可能也是北美最稀奇，被人拍照最多的名人堂。

名人堂正好位于以捕捉北美狗鱼而闻名的威斯康星州西北部赫华德(Haywasd，Wisconsin)的湖区，是1960年作为一个非盈利性公共服务博物馆和教育机构而建立的。它的使命之一是收集、保存和展览淡水钓鱼的工艺品。因为垂钓者中也许有世界上最了不起的小巧机械的制造者，所以在这个7英亩的湖边地址上需要不断增建一些楼房来存放这些收集品。

在这里参观，你会看见480个钓鱼座架、200个不同的鱼种。在一层楼内有300个经典的古董式弦外发动机。这里还至少展出了51000种经典的鱼饵，据设计者说每一种都有不可抗拒的诱惑力。

面对那二百多种不同历史时期的钓竿、数百个注明时间的钓丝螺旋轮、和你能想象出的每一种钓鱼用的附属品，你会发出由衷的赞叹。这里还有一些独木舟和钓鱼船的实物模型，你能看到古代的垂钓者在一个世纪之前的有古式家具的钓鱼时用的棚屋中如何对鱼进行粗加工的。此外，博物馆还包括了两个一样的录像厅，用于播放和钓鱼有关的电影短片。

在这个淡水鱼名人堂内最珍稀的展品之一就是大量的曾钓过捕鱼者的鱼钩。一位威斯康星州的牙科医生，曾保存过他从人身上摘除下来的所有鱼钩。他将这些鱼钩安放在一块展板上，每个钩上都有受害者的名字和地址。他退休时，已收集了三百多个鱼钩。他把这些收集品都献给了名人堂。病人对于自己的名字被展出也许不会感到光荣，但所有人都会同意，这是一个进入名人堂的更加容易的方法。

当然，最精彩的部分还是这座建筑物本身——"垂钓者的天堂"、这条巨大的北美狗鱼。它是由混凝土、钢和纤维玻璃经过手工雕刻而成的。如果你曾经见过一条正从水面跃起的北美狗鱼，你会同意那是一个十全十美的复制品。"内脏"是博物馆的主要部分，它那张大的颌能容纳了一个可站大约20人的观景平台。北美狗鱼的四周是一个面积为1/4英亩的天然水池。被吸收入名人堂是对淡水鱼捕鱼界人士所授予的最高荣誉。根据对渔业资源的保护、渔业科学、教育、通讯和技术五个方面所做出的贡献，每年选出一些男女人士进入名人堂。

除展览任务外，名人堂还要对北美地区以娱乐为目的的淡水钓鱼的纪录进行评判。这是一项极复杂的工作。垂钓者对他们的捕鱼量提出一份正式的详细的报告，并附上证明和照片、甚至钓鱼线的根数，用蝇钓鱼时，蝇也必须同时呈报。比赛中分"留养"和"抓了又放"的两类（名人堂鼓励那些促进"钓上来又放回去"的计划和比赛）。当然这里也有垂钓不同鱼类所使用的不同的钓鱼线的长度的记载。

特别节目:北美狗鱼戏水和残疾人初次钓鱼项目。拨打电话(715)634-8662可获得参观赫华德呼免费导游。

问:爱札克·沃尔顿(Izaak Walton)的经典之作《高明的垂钓者》是哪一年写成的?

答:1653年。

开放时间:4月15日—11月1日,每天上午10:00—下午5:00;

全年办公时间,上午10:00—下午4:00。

门　　票:成人4美元;65岁以上的老人3.5美元;

不足18岁者2.5美元;不足10岁者1.5美元。

地　　址:P.O. Box 33 Hall of Fame Drive Hayward,Wisconsin 54843(美国,威斯康星州,赫华德名人堂路,邮箱33,54843)

电　　话:威斯康星州内1(800)472-3474(FISH)

威斯康星州外1(800)826-3474(FISH)

电　　传:(715)643-4440电话

因特网址:http://www.freshwater-fishing.org

名人堂标志

名人堂标志

名人堂外观

名人堂的展厅

兹奇山钓鱼中心博物馆
（**Catskill Fly Fishing Center Museum**）

这座博物馆和名人堂位于纽约市利文斯敦庄园（Livingston Manor, Nerw York），地处全美国具有悠久历史的最好的鲑鱼溪流地区的中心。该地区占地 35 英亩，在威洛韦莫克河（Willowemoc River）受人欢迎的"抓了又放"地段沿线，距有名的皮威契尔河（Peaverkill River）只有几分钟的路程。除了河以外，这个地方还有草地、树林、水池和一条通向自然景点的小径。这里可以说是世界上最完美的名人堂所在地，这里的名人堂可能会排在名人堂名单中的第一位。

名人堂位于一个新的博物馆大楼之内。大楼内的许多展品介绍了一些与体育有关的名人的生平，其中的重点是来自用蝇捕鱼区域的名人。展品中除精心制作的鱼竿、卷线筒和蝇以外，还有一组解释用假蝇钓鱼演变过程的展品，观众可以通过它了解假蝇钓鱼的历史。

这里也有一件供实习用的用假蝇钓鱼的钓具展品。

说到"供实习用"（hands-on），当你穿上涉水靴并在博物馆前面的"钓了又放"的河段钓鱼时，你就成了本博物馆和名人堂的一个组成部分，这种感觉十分奇特。但是在你尽情享受的时候，别忘了带上纽约州签发的钓鱼许可证。

到目前为止，名人堂只吸收了三名成员（1985 年 2 个，1994 年 1 个），其中现代美国假蝇钓鱼之父西奥多・戈登（Theodore Gordon）和著名的《河滨向导》（Streamside Guide）的作者阿蒂·弗里克（Art Flick）是头两位被吸收入名人堂的名人。

　　每年 8 月，这里会举行一年一度的渔夫联欢会。此外，还将有一次拍卖会、一次钓鱼比赛会。

　　开放时间：4 月到 10 月 每天上午 10：00—下午 4：00；

　　　　　　　11 月到 3 月 周一至周五　上午 10：00—下午 4：00；

　　　　　　　节假日不开放。

　　门　　票：免费。

　　地　　址：P. O. Box 1295 Old Route 17 Livingston Manor, New York 12758（美国，纽约，利文斯敦庄园旧 17 号路，邮箱 1295，12758）

　　电　　话：(914)438 – 4810

博物馆馆徽

体育纪念馆

贝勃·鲁丝博物馆和棒球中心
(**The Babe Ruth Museum and Baseball Center**)

生活在马里兰州巴尔的摩(Baltimore Maryland)的人们觉得,有许多的人和物都是他们的心中至爱。比如:软壳蟹饼、金黄鹂、H·L·门肯(巴尔的摩"太阳报"的评论家)、对公狗足球队比赛的美好回忆等等。不过,在他们心中,永远会将一份特殊感情留给一位土生土长的巴尔的摩人,一位在比赛中会使对方球员心存畏惧的棒球手——贝勃·鲁丝。

作为一名棒球运动员,贝勃·鲁丝曾创造了许多记录,他一生中共打出 714 次本垒打,至今仍保持着棒球"第一强击手"的称号和 84.6%的安打率。而在他之前和以后,还没有人能使安打率超过 80%。作为投球手,在 1916 年的一场比赛中,他 9 次使对方以零分出局,这至今仍是美国联队的一项记录。

贝勃·鲁丝 1895 年 2 月生于马里兰州巴尔的摩市埃姆瑞街216 号。这里是他的外祖父———一位贫苦的德国移民——彼沃斯·斯钦姆贝格(Pius Schamberger)的家。1969 年,巴尔的摩市政府曾计划拆除这片破旧的房屋,后经一家基金会出面干预,才使这处旧址得以保留。从 1974 年至 1982 年,这里作为贝勃·鲁丝纪念馆,其经营状况十分不好,平均每年只有 2000 名参观者,处于破产倒闭的边缘。此时,一位纪录片的独立制片人迈克·吉布斯

(Michael Gibbs,现任博物馆行政主任)提出了一个方案:扩大博物馆,增加新的展品,将它变成一个具有"吸引力"的景点。经过一番不懈努力,到 1992 年时,这里的年平均参观人数已经上升到了60000 人。

今天,这里已成为一个具有很强吸引力的旅游景点。其展品以记载比赛精彩场面的老照片、现场录音和一些珍贵的棒球纪念品为主。

1995 年,为庆祝贝勃·鲁丝百年诞辰,博物馆专门举办了反映他早年在巴尔的摩生活的名为"出身巴尔的摩的贝勃"的专题展览。其中展品包括他早年的照片、生日卡和结婚证明、小时候用过的球拍、读过的《圣经》、在圣·玛丽工业学校读书时制作的铜十字架(贝勃的父母在他 7 岁时把他当作"屡教不改者"送到这里上学),以及他在 1914 年第一次代表"金黄鹂"队进行比赛时的记录本。这其中,一件有贝勃亲笔题句的展品最吸引人,那是他在圣·玛丽工业学校读书时留下的,上面写到:"乔治·H·鲁丝是世界上最糟的歌手,是世界上最好的投手。"

通过这些展品,你可以了解到鲁丝生活的方方面面。在一个特制的壁龛中,有一块银制奖章,上面刻着他在棒球比赛中的 714个本垒打;一部 25 分钟的资料片则记录了这位传奇人物职业生涯中的 5 个重大时刻。

作为一座国家历史建筑,贝勃·鲁丝博物馆同时也是巴尔的摩金黄鹂博物馆(Baltimore Oriales Museum)和马里兰棒球名人堂的所在地。这里陈列的物品讲述了棒球运动在马里兰、特拉华、弗吉尼亚、宾夕法尼亚和华盛顿特区等地发展的历史。其中一件展品是一组模型,展示了巴尔的摩的 13 座棒球场,从中你可以感受到当地人民对棒球运动的痴迷和热爱。

开放时间:4月至10月,白天,上午10:00—下午5:00;
在"金黄鹂"主队比赛期间延长时间,上午
10:00—下午7:00;
11月至3月,白天,上午10:00—下午4:00。

门　　票:不足5岁者免费;5—16岁2美元;成人5美
元;老人3美元。

地　　址:216 Emory Street Baltimore,Maryland 21230(美
国,马里兰州,巴尔的摩,埃莫瑞街216号,
21230)

电　　话:4101271539

因特网址:http://www.BabeRuthMuseum.com

博物馆馆徽

博物馆展出的棒球比赛图片

博物馆展出的历史照片

博物馆展览

博物馆展示的棒球比赛的图片

格林·贝·派可斯名人堂
(Green Bay Packers Hall of Fame)

格林·贝·派可斯队有着悠久的历史,早在 1919 年时它就是一支拥有会员权利的球队。当时,阿克莫·派可斯(Acme Packers)为此花费了 50 美元。设在威斯康星州(Wisconsin)的这座名人堂向公众全面展示了这支球队从成立到现在的发展奋斗历程。

在这座两层结构的建筑内,人们将各种纪念品和高科技演示手段相结合,突出表现了派可斯队发展历史上的每一个重要时刻。这里有 7 个录像厅,各种多媒体节目表演。在一个名为"运动场"的展区,你可以通过先进的电子显示设备,看到自己在"运动场"上和派可斯队的教练及运动员们在一起的情景,你还可以练习传球和踢球。

这里的展品还包括:纪念章、队杯、照片、防护帽以及各种训练比赛设备等。此外,"更衣室"还为每一位已被吸收进入坎顿(Canton)前橄榄球名人堂的名人备有一个锁柜。在整个名人堂中还分散设置了难题问答屏,你可以通过玩各种游戏,获得有关球队和球员的信息。

名人堂位于兰波菲尔德(派可斯主队露天体育场)的正对面,中间仅一街相隔。这里是参观露天体育场的起点,参观者可乘公共汽车到练习区,这种参观大致需要一个半小时。至今,派可斯仍是它所在社区唯一的专业运动队。

开放时间:9 月至 5 月,每天上午 10:00—下午 5:00;

　　　　　6 月至 8 月,每天上午 9:00—下午 6:00;

　　　　　圣诞节闭馆。

门　　票:6 岁至 15 岁儿童 3.5 美元;成人 6 美元;老人

　　　　　5 美元;

　　　　　参观体育馆者加费。

地　　址:855 Lombardi Avenue P. O. Box 1067 Green

　　　　　Bay,Wisconsin 54307—0567(美国,威斯康星

　　　　　州,格林·贝 1067 信箱,伦巴蒂大街 855 号,

　　　　　54307 - 0567)

电　　话:4144994281

因特网址:http://www. packerhalloffame. com

名人堂标志

贝·派可斯队的形象

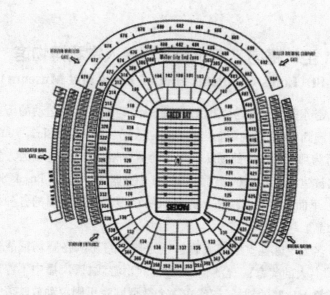

派可斯队使用的场地图

圣·路易·卡迪南尔斯名人堂和博物馆
（St. Louis Cardinals Hall of Fame and Museum）

密苏里圣·路易（ST. Louis Missouri）地区棒球运动的历史可以追溯到 19 世纪晚期。当时克里斯·冯·德·阿（Chris Von Der Ahe）为那时的圣·路易队创造了会员资格。今天，这座名人堂博物馆被建在 5 号和 6 号门之间的布什克露天体育场（Busck Stadium），里面收藏着反映圣·路易队一百多年发展历程的各种棒球纪念品。

名人堂陈列室中摆放着曾经为圣·路易队在赛场征战过的 44 位名人的奖章；一台供参观者玩的小游戏机；广播中不停地播放着重大比赛的现场录音；在一个微型剧院里则滚动放映着一部名为《一个成功的世纪》的三十分钟的电影。

反映著名的卡迪南尔斯队运动员斯坦·瑞曼·穆季亚尔的成就的展品在博物馆一个特别的区域的突出位置，这里有瑞曼本人捐赠的对他具有重要意义的纪念品。

还有一些展品和纪念品与"科尔·巴巴·贝尔"（"Cool Papa Bell"）——早期的黑人联队（Negro Leagues）以及 1902 年至 1953 年期间的圣·路易布朗斯队有关。在此之后，这支球队东进演变成了巴尔的摩奥来欧利斯队。此外，这里每年还会有新的收藏品不断补充进来。

开放时间：1 月至 3 月，星期一至星期五，上午 10：00—下午 5：00；

4月至12月,每天,上午10:00—下午5:00;
在有比赛项目期间,时间延长为上午10:00—
晚上11:00。

门　票:儿童2美元;成人2.5美元。

如果参观体育场馆,儿童4.5美元;成人5美元。

地　址:In Busch Stadium 100 Stadium Plaza St Louis,
Missouri 63102(美国,密苏里州,圣·路易体
育馆广场100,布什克体育场内,63102)

电　话:800421—FAME

因特网址:http://www. shcardinals. com

名人堂和博物馆馆徽

博物馆展厅

博物馆内展品

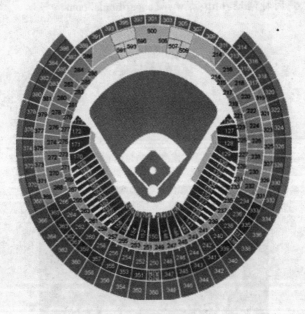

圣路易棒球场地位图

特德·威廉斯博物馆和赫特斯名人堂
(Ted Williams Museum and Hitters Hall of Fame)

该博物馆位于佛罗里达州核兰朵(Hernando, Florida),主要介绍特德·威廉斯在其职业棒球生涯中所取得的伟大成就,以及他在第二次世界大战军旅生涯中表现出的爱国主义精神。

有关他的生平的展品布满了八间陈列室。从中,人们可以看到一个伟大的棒球运动员从梦想开始到成功所走过的每一步,重温 1936 年至 1960 年间他与雷德·索克斯(Red Sox)在一起的那些岁月,重新想起 1941 年那个魔术般的赛季,当时他的成功率达到 40.6%。

反映威廉斯成就的展品形式多样,有雕刻,绘画及印刷品,其中一件作品突出表现了他紧握球棒的强劲的双手。其他一些展品还包括:他与波士顿·雷德·索克斯(Boston Red Sox)签订的合同,雷德·索克斯在体育馆中的专用座位,以及广泛搜集来的他们使用过的球棒。在公众看来,威廉斯绝对配得上拥有展示自己成就的博物馆。但威廉斯却决定与其他人一同分享这一荣誉。他列出过一份"杀手名单"(Hit List),选定了 20 位优秀的运动员。在博物馆一间有 80 个座位的剧场中,你可以通过录像了解威廉斯选择贝勃、富兰克·罗宾逊(Frank Robinson)、吉米·福克斯(Jimmy Fox)以及其他人的理由。

开放时间:星期二至星期天,上午 10:00—下午 4:00;
复活节、感恩节、圣诞节不开放。

门　　票:儿童1美元;成人3美元;老人1.5美元。

地　　址:2455 North Citrus Hills Boulevard Hernando,
　　　　　Florida 34442(美国,佛罗里达州,核兰朵,北
　　　　　柑橘山大道2455号,34442)

电　　话:9045276566

博物馆和名人堂标志

杂志封面上的特德

《时代》周刊封面上的特德

博物馆和名人堂内部

博物馆和名人堂的展览

特德雕像

特德穿过的 9 号球衫

博物馆和名人堂的外观

中文索引

（按汉语拼音排序）

英文索引

（按英文字母排序）